**Un homme peut
en cacher un autre**

DU MEME AUTEUR

Histoire
Un siècle de vélo au pays des Sourds, Editions L'Harmattan, 2002 (prix des Mains d'Or 2004)
Il était une fois… les sourds français, Editions BoD, 2011

Biographie
Le fabuleux destin de Robert Mathé, Editions L'Harmattan, 2005 (en collaboration avec Domas)
Laurent Marsollier, la vie en courant, Editions Edilivre, 2014

Faits divers
Le monde !ncroyable des Sourds, Editions L'Harmattan, 2005

Roman d'aventure
Thaï, Editions Edilivre, 2008

Témoignage
Petits Mémoires d'un triathlète pas comme les autres, Editions Edilivre, 2013

Les livres de Patrice GICQUEL sont disponibles sur son site internet : **www.patricegicquel.fr**

Patrice GICQUEL

Un homme peut en cacher un autre

roman policier

« *Le coupable est celui à qui le crime profite.* »
Sénèque

1

Nice. Il était six heures vingt-cinq. Un dimanche du mois de juin 2014. Temps splendide.

Sur la plage Beau Rivage, deux mille cinq cents triathlètes, dans leurs combinaisons noires, bonnets de bain verts sur la tête et lunettes de plongée sur les yeux, attendaient avec impatience le coup de départ d'une des plus belles et dures courses de triathlon au monde : l'Ironman (3,8 kilomètres de nage en mer et 180 kilomètres de vélo puis le marathon).

Devant, l'enthousiasme des spectateurs : cris, sifflets, applaudissements retentissaient.

Le speaker prononça un par un le nom des élites : Mc Gregor, Jimenez, Bevilacqua, Oubron...

Un beau plateau avec des triathlètes de talent. Parmi eux, n'oublions pas les outsiders. Des amateurs qui pouvaient parfois remporter la course au nez et à la barbe des pros.

Y figuraient deux sourds bretons.

Les Ducasse, père et fils.

D'un côté, Hervé, trente-neuf ans, grand et musclé. De l'autre Guillaume, jeune homme discret au gabarit géant, dans la vingtaine.

Le plus âgé clamait depuis longtemps qu'il voulait gagner Nice après deux secondes places et une troisième place en sept ans.

Sur son visage se lisaient adrénaline et détermination.

Côté supporters, dans les gradins surplombant la promenade des Anglais, Marc Bouleau, le très réputé journaliste sportif sourd, lorgnait avec passion les nageurs.

Vêtu d'un jean's et d'un pullover noir, il avait une tête de beau gosse. Des lunettes *Ray-Ban* finissaient la panoplie du play-boy. La quarantaine passée, il avait remporté de nombreuses courses de triathlon dont un titre de champion de France espoir avant de devenir rédacteur en chef du magazine *Triple Effort Breton*, trois ans auparavant.

Le journaliste sportif doit informer et relater les événements auxquels il assiste tout en apportant un regard critique. Ce métier fait beaucoup rêver les mordus de sport, mais on ne compte pas plus de trois mille journalistes sportifs en France dans la presse écrite, à la radio, à la télévision, dans les agences de presse et sur Internet.

Fort heureusement, doté d'une bonne culture sportive, connaissant parfaitement ce milieu et ses règlements, Marc avait toujours fait preuve de culot, de ténacité et de talent.

Un jeune homme lui tapota l'épaule et le journaliste se tourna vers lui.

- Bonjour, fit l'inconnu en langue des signes.
- Bonjour. Vous êtes ?
- Je m'appelle Corentin. Je vis dans l'arrière-pays niçois depuis ma naissance.
- Vous venez encourager les triathlètes ?
- Oui… mais je viens plutôt pour Hervé Ducasse que j'admire. C'est mon idole !
- Ah bien… Vous savez que son fils est également présent ?
- Ah bon.
- Oui. D'ailleurs, il est passé à l'échelon supérieur depuis tout juste une semaine.

Marc sourit, souhaitant que Corentin le laisse enfin tranquille mais ce dernier continua à signer.

- D'après l'article que j'ai lu dans votre magazine, vous pensez vraiment qu'Hervé va enfin gagner cette compétition ?

Le journaliste hésita un moment avant de lui répondre par l'affirmative.

- Oui, je l'ai vu hier à l'hôtel. Il m'a dit qu'il était prêt à tout pour l'emporter. On verra bien cet après-midi.

Subitement, le portable de Marc vibra. Il l'ôta de sa poche.

- Excusez-moi… A bientôt.
- A tout à l'heure, répondit Corentin qui se perdit rapidement dans l'immense foule.

Les SMS sont une invention géniale pour les sourds qui ne pouvaient pas téléphoner ni communiquer à distance et en temps réel.

C'était Natacha, la femme d'Hervé. Elle n'avait pas voulu venir car elle avait préféré rester avec Alexis, le frère cadet de Guillaume.

Marc lut le message.

Bonjour Marc.
Je suis inquiète pour Alexis.
Il m'a dit hier soir qu'il allait en boîte et qu'il allait revenir dans la nuit.
Ce matin, je suis allée jeter un coup d'œil dans sa chambre mais il n'était pas rentré.
Alors, je l'ai appelé mais son portable ne répond pas.
J'ai peur. Je ne sais pas trop quoi faire.

Marc songea d'abord simplement à une fugue comme cela arrivait assez souvent aux enfants de notre époque. Cependant, un enlèvement était toujours possible.

Au même moment, le coup de canon libéra enfin les triathlètes. La mer méditerranée se transforma en machine à laver.

Voulant rassurer Natacha, Marc envoya un texto disant qu'il allait la rejoindre sitôt la course finie.

2

La natation fut une grosse bagarre : un groupe de dix triathlètes se disputaient la tête de la course.

Ce fut l'Italien Bevilacqua qui sortit premier avec un temps de cinquante minutes et trente-cinq secondes à parfaite égalité avec Rémy, un amateur.

La surprise vint du jeune Ducasse qui finissait à une incroyable troisième place devant certains favoris.

Bevilacqua, tentant le tout pour tout, se lança seul en tête sur la partie cycliste qui n'était pas du tout plate. Il ne relâchait pas son effort.

Hervé figurait dans le groupe des poursuivants. Il avait concédé six bonnes minutes en natation. Il avait donc roulé fort pour revenir presque à la hauteur de son fils.

Le jeune Guillaume lui adressa un clin d'œil.

- Ça va ?
- Oui oui, concentre-toi donc !, répondit son géniteur.

L'Italien boucla magistralement en quatre heures et quarante-cinq minutes les cent quatre-vingt kilomètres du parcours vallonné.

Il arriva dans le parc de transition avec plus de cinq minutes d'avance sur le groupe des poursuivants.

L'Australien Mc Gregor était là. Les autres favoris aussi et le surprenant Aubert accompagné d'une autre figure connue, Vasseur.

Malheureusement pour lui, Guillaume fut victime d'une crevaison dans les dix derniers kilomètres ! Il dût réparer seul... ce qui l'empêcha de jouer les premiers rôles dans la course à pied.

La partie pédestre qui suivait consistait en quatre allers-retours au bord de mer.

La ville de Nice tournait rarement le dos à la mer, mais aujourd'hui la plage semblait vide. Le spectacle était sur la promenade des Anglais : plus de soixante mille spectateurs formaient une haie d'honneur ininterrompue.

Hervé alla-t-il enfin s'imposer ? Le sourd était en tout cas l'un des plus rapides à pied.

Au premier passage, Bevilacqua était toujours en tête, il résistait et semblait tenir l'allure.

Mais sur un Ironman, rien n'est jamais acquis.

Finalement, l'Italien faiblit après quinze kilomètres. Mais il resta à portée de fusil d'Hervé qui le rejoignit au semi. Les deux hommes coururent épaule contre épaule.

La lutte fut terrible.

Trop pour le Transalpin qui céda au trentième kilomètre, tétanisé par les crampes.

Pour la première fois de sa vie, Hervé mena la course à Nice.

Moment d'intense émotion qui ne dura guère car derrière, un concurrent avalait les kilomètres à toute vitesse.

C'était Mc Gregor. Personne ne put lui résister. Il reprit le sourd et continua sa chevauchée fantastique, tandis qu'Hervé le suivait tant bien que mal.

Le sourd se battait comme un lion.

La course devint admirable.

Encore un demi-tour, c'était le dernier passage.

Qui allait gagner ? L'un ou l'autre… ?

De fait, le suspense restait total.

A l'approche de la flamme rouge, ils étaient toujours au coude à coude.

L'écran géant diffusa les images de leur dernier kilomètre. Au milieu de la foule bigarrée, Marc, le reporter, les suivit attentivement tout en prenant des notes sur un calepin.

A cinq cents mètres du but, Mc Gregor craqua et laissa partir Hervé qui coupa, les larmes aux yeux, la ligne d'arrivée.

Il était quatorze heures vingt.

Marc Bouleau, légèrement en retrait, observa la scène, impassible. Il attendit un peu de calme pour féliciter le héros.

A trente-neuf ans et après plusieurs tentatives ratées, Hervé Ducasse inscrivit enfin son nom au palmarès.

A cet instant-là, Hervé n'oublia pas de remercier la foule venue en nombre incalculable.

Des encouragements qu'il n'avait pas pu entendre mais qu'il avait ressentis et qui lui faisaient chaud au cœur.

3

Muni de sa carte de presse qu'il portait autour du cou, Marc essaya de s'approcher d'Hervé. Mais le grand vainqueur du jour était assailli par une horde de reporters et de photographes, dont les caméras de Stade 2 et de France 3 Méditerranée.

Par chance, Hervé l'aperçut et lui fit signe de venir vers lui.

- Félicitations, Hervé ! fit Marc avec un sourire, tout en agitant haut les mains.
- Merci beaucoup.

Marc et Hervé se connaissaient bien.

Jadis, ils avaient participé ensemble à de nombreuses compétitions de course à pied, de natation ou de triathlon, que Marc avait gagnées la plupart du temps.

Depuis la retraite sportive de Marc, Hervé se sentait un peu seul lors des épreuves de triathlon.

Et il disait souvent : « Avant, je me battais contre lui. Maintenant, je me bats contre moi-même ! ».

Cette fois, le visage marqué par les efforts surhumains, il semblait fatigué mais heureux.

Marc faillit lui balancer la mauvaise nouvelle mais se retint à temps.

- Je peux t'interviewer maintenant dans un coin tranquille à l'ombre ? demanda-t-il simplement en langue des signes.

- Oui.

Le calepin toujours à la main, Marc commença à lui poser des questions :

- En gagnant ici, tu as accompli le rêve de ta vie ?

- Oui. Je la tiens enfin, cette victoire. Je suis vraiment très heureux. C'est un rêve d'enfant qui s'est concrétisé. Je suis soulagé car cela faisait sept ans que je courais après.

Soudain, le visage d'Hervé afficha un grand sourire quand il vit son fils, ruisselant de sueur. Ils s'étreignirent un long moment. Guillaume pressa son visage dans le creux de l'épaule de son père et le serra contre lui.

- Je suis heureux pour toi, papa !
- Merci. Et toi, ça va ?
- Ouais...

Quand enfin ils se séparèrent, Hervé se tourna à nouveau vers Marc qui enchaîna l'interview.

- Comment t'es-tu senti pendant la course ?
- Il a fait très chaud durant le marathon, surtout les vingt premiers kilomètres. Mais quand tu es dans un bon jour, tu oublies tout.
- Quel a été ton plus dangereux adversaire ?
- Mc Gregor. Je le craignais beaucoup. D'une part, parce qu'il était champion du Monde à Hawaï. D'autre part, parce qu'il avait l'air frais. Je devais rester concentré jusqu'à la fin. C'est ce que j'ai fait.
- A quel moment as-tu pensé à la victoire finale ?
- Je n'arrêtais pas de me répéter : « N'aie pas peur de gagner. Personne ne pourra te prendre la victoire aujourd'hui. »
- C'est-à-dire ?
- J'y ai cru jusqu'au bout !
- Un jour, tu as déclaré : « Si je gagne Nice, j'arrêterai ». Alors ?
- Pff... je ne sais pas... je verrai bien demain si je continue.
- Un dernier mot ?
- Je voudrais surtout remercier ceux qui m'ont soutenu, ma famille, mes amis, mon club et aussi tous ceux qui m'ont régulièrement envoyé des encouragements, conclut Hervé.

A ce moment-là, Marc ne put se retenir de l'informer de la disparition de son deuxième fils.
- Euh... Ecoute. Ton fils a disparu cette nuit.
Hervé ne comprit pas et se frotta les yeux de la sueur qui continuait de ruisseler sur son visage.
- Pardon ?
- Alexis n'est pas rentré à la maison hier soir.

- Quoi ? Oh ! T'inquiète pas ! Il a peut-être rencontré une fille. N'oublie pas qu'il a maintenant 18 ans.
- Mais ta femme se fait beaucoup de soucis et...

Hervé lui coupa.

- Comme toutes les mamans... qui s'affolent pour rien.
- Non, c'est plus grave que ça. J'ai eu un nouveau message de Natacha, il y a cinq minutes et elle vient de recevoir une lettre de menace anonyme qui l'a terrorisée.
- Hein ? Ce n'est pas vrai ?
- Si, mais je ne sais pas ce qui est écrit dedans.

Le visage d'Hervé s'assombrit d'un coup et il n'adressa plus la parole à personne.

Après un petit silence, le journaliste l'informa qu'il allait retourner dès que possible en Bretagne pour voir Natacha. D'un petit hochement de tête, le héros du jour remercia son ami.

Marc l'embrassa et se hâta de prendre un taxi en direction de l'aéroport.

Pendant ce temps, flanqué d'une jeune interprète en langue des signes, Hervé répondit gentiment aux questions d'un reporter de *L'Equipe*, un des quotidiens sportifs les plus lus de France.

En raison de la présence importante des médias, les Ducasse, père et fils, devaient passer la nuit à l'hôtel et ne rentrer à la maison que le lendemain, par le train.

4

Dix heures du soir. Il faisait encore jour.

Chavagne, un petit village agréable de trois mille huit cents habitants, entouré de plusieurs plans d'eau, située à une quinzaine de minutes en voiture de Rennes et à peine cinq minutes de l'aéroport.

Durant le voyage aérien, Marc avait appelé par le portable Charlotte, sa compagne.

Une romancière.

Bien connue du public à la fois sourd et entendant.

Agée aujourd'hui de trente ans, elle avait eu une méningite quand elle était petite. Elle s'en était sortie mais elle n'entendait plus rien de l'oreille gauche.

Par SMS, il lui avait expliqué en détail ce qui était malheureusement arrivé à la famille Ducasse : l'enlèvement d'Alexis et la lettre qu'avait reçue Natacha ce midi.

Marc sonna à la porte d'entrée de la maison des Ducasse. Très peu de voitures circulaient sur la voie publique.

A l'intérieur, le flash lumineux réveilla Natacha qui s'était endormie dans le canapé. Elle se dépêcha donc pour ouvrir la porte.

- Bonsoir, ça va ? lança Marc.

Il déposa un baiser sur la joue de Natacha qui fit non de la tête.

C'était une belle femme brune qui lui faisait toujours penser à Nathalie Simon, l'animatrice sportive de télévision et de radio française.

Là, elle avait les traits tirés. On voyait bien qu'elle n'avait pas beaucoup dormi.

A l'intérieur, un couloir avec, sur la droite, le salon puis la salle à manger et un peu plus loin la cuisine. Sur la gauche, les toilettes, la salle de bain et un escalier pour monter aux trois chambres de l'étage. Derrière la cuisine, une petite cour prolongée d'un grand terrain.

- Tu veux boire quelque chose ? demanda Natacha.
- Oui, une tisane. Merci.

Marc regarda Natacha avec compassion. Il essaya de lui redonner un sourire.

- Ton mari a enfin gagné la course de sa vie.
- Oui. Je sais bien, mais…

Marc n'insista pas.

- J'ai peur pour Alexis. Pourvu qu'il ne lui arrive rien, lança-t-elle, les larmes aux yeux.
- Dis donc, peux-tu me donner la lettre que vous avez eue ce midi ?
- Ah oui, j'ai failli oublier…

Sur la cheminée du salon étaient disposées des photos de famille encadrées et des trophées.

Assis à côté de Natacha, la tasse à la main, Marc lut attentivement la lettre manuscrite. Elle était écrite à la hâte et ne comportait aucune faute d'orthographe ni de grammaire.

> SI VOUS VOULEZ QUE JE M'ARRETE,
> N'APPELEZ PAS LA POLICE !
> SINON JE VAIS VOUS POURRIR LA VIE.
> A VOUS DE CHOISIR.
> LE CORBEAU

Marc resta silencieux.

Natacha ne put retenir ses larmes.

Tout allait à merveille chez les Ducasse : un foyer, une famille unie, des amitiés, une vie confortable.

Natacha, elle, veillait toujours à la bonne marche de la vie de famille.

Et d'un coup, tout basculait…

Marc essaya de la consoler en brisant ce silence un peu trop pesant pour lui.

- Tu as eu d'autres menaces ?
- Comment ça ?
- Des SMS, par exemple ?
- Non.
- Tu ne t'es pas sentie suivie en voiture ces derniers jours ?
- Non.
- A pied ?
- Non plus.

Coupant court aux questions, les yeux rougis par la fatigue, Natacha lui proposa :
- Tu peux dormir ici, dans le fauteuil du salon.
- D'acc. Essaye de te reposer… à demain.

Mais Marc n'alla pas se coucher.
Il prit son ordinateur portable et s'installa sur le bureau situé dans un coin du salon.
Il tapa sur son clavier puis lut et relut.
Il envoya un mail à Léa, son assistante de Rennes, lui joignant un long compte-rendu mais bien ficelé sur la journée passée à Nice pour le prochain numéro de sa revue sportive *Triple Effort Breton*.
Quelques clichés, aussi.

Léa, trente-huit ans, avec sa jolie tête blonde, ornée d'un chignon et de petites lunettes noires rectangulaires, travaillait à TEB avec Marc depuis ses débuts.
Appliquée et efficace, c'était une amie entendante de Marc. Ils s'étaient rencontrés sur les bancs de l'école de journalisme il y a vingt ans.
Avant cela, elle avait été nageuse de niveau régional. Seule une opération à l'épaule l'avait tenue éloignée des bassins.
Pas d'homme dans sa vie, elle semblait pencher pour les femmes.

Enfin, il envoya un SMS à Charlotte.

- *Me revoilà... Hélas, je ne pourrais pas passer cette nuit avec toi. Je suis chez les Ducasse car Natacha ne va pas bien. A demain. Bises tendres.*

La réponse de Charlotte ne se fit pas attendre.

- *Oh ! Non... J'ai envie d'être avec toi. J'ai hâte de te trouver dans mon lit. Bon, d'acc. Mille bécots.*

Vers deux heures du matin, il se laissa aller contre le fauteuil et s'endormit.

5

Il était une heure moins le quart de l'après-midi. Marc Bouleau attendait les Ducasse, père et fils sur le quai de la gare de Rennes.

Enfant, ce qui l'excitait, c'était de voir les trains qui attendaient leurs voyageurs. Et il ne pouvait que s'émerveiller devant ces étendues de rails, d'aiguillages, de signaux, de wagons, de locomotives.
Il s'étonnait aussi devant le génie des hommes qui les avaient conçus et qui les dirigeaient.
Pendant des siècles, le moyen de locomotion le plus rapide avait été le cheval. C'est en 1825 qu'apparut la première machine à vapeur, et soudain un réseau de multiples voies sillonna le monde de long en large.
Les années trente avaient marqué la fin des voyages en train à vapeur et le passage au « diesel », ensuite était apparue la locomotive électrique. La nouvelle gare de Rennes avait été réaménagée pour accueillir l'arrivée du TGV Atlantique en 1992.

Attendant ses amis, Marc avait acheté *L'Equipe* dans un kiosque et le lisait attentivement.

La une du journal était consacrée à l'exploit d'Hervé. Cette hypermédiatisation d'un triathlète sourd allait lui permettre d'acquérir une incroyable popularité.

Et quel magnifique exemple pour les jeunes sourds.

Au bout de quelques minutes, il aperçut les deux sportifs venir à lui.

Guillaume portait avec fierté le journal local *Nice-matin* qui titrait en couverture : Ducasse, sourd et Roi de Nice !

La ressemblance avec son père était saisissante : même carrure, même regard bleu, même allure.

Un futur champion lui aussi.

L'inquiétude d'Hervé se lisait sur son visage. Les amis se saluèrent.

A bord de la vieille Golf noire de Marc, ils sortirent du parking de la gare. Ils s'engagèrent sur la rue de l'Alma puis l'avenue Henri Fréville.

La circulation était fluide, ils prirent la quatre voies avant de bifurquer à droite, direction Chavagne.

Sitôt arrivés, dans l'allée devant la maison, Guillaume courut embrasser sa mère.

Natacha les avait vus arriver mais elle pleurait.

Hervé passa un bras autour de ses épaules, la serra contre lui et l'entraîna vers l'intérieur.

Silence total dans le salon.

Bachelier, Hervé n'avait que dix-huit ans quand il croisa pour la première fois, au foyer des jeunes sourds, le chemin de Natacha, à Rennes.

Natacha, qui étudiait la philosophie à la fac, venait d'être élue dauphine au concours de Miss Bretagne. C'était à Brest.

Natacha était autant réservée que ce grand sportif brun qu'elle osait à peine saluer quand ils se rencontraient à l'assemblée générale de l'association culturelle des sourds ou dans les couloirs du foyer.

Un jour, elle prit l'initiative de lui adresser la parole. Flatté par l'attention que lui portait la belle étudiante, Hervé, le jeune formateur en langue des signes, l'invita à assister au triathlon, le lendemain.

C'était son premier triathlon.

Grâce à cette compétition, Hervé avait surtout conquis le cœur de Natacha.

Rapidement, le jeune triathlète demanda à Natacha de venir vivre avec lui dans un petit studio que sa grand-mère lui avait légué en héritage.

Un an plus tard, elle devenait sa femme. Le mariage avait eu lieu dans l'intimité.

Enfin, Ducasse pouvait fonder sa propre famille.

Finis les week-ends solitaires.

Hervé aspirait à une vie tranquille, avec sa femme.

Le couple avait élu domicile dans un modeste deux-pièces au centre ville de Rennes. Ils ne sortaient presque jamais, sauf pour aller au cinéma ou rencontrer des sourds au foyer.

Quelquefois, lorsque le couple recevait ses amis à la maison, il arrivait qu'Hervé se mette aux fourneaux pour préparer sa spécialité : des pâtes à la carbonara, mélangées aux lardons et aux œufs, avec du fromage râpé. Un régal.

Leur premier enfant, Guillaume, vint au monde à Rennes, alors que le sportif était à Lorient pour décrocher sa première victoire sur distance olympique.

Deux ans plus tard, toujours à Rennes, était né Alexis.

Cette fois, le papa avait pu assister à l'accouchement. Il pleura d'émotion en voyant le bébé sortir du ventre de la maman.

Contrairement à Guillaume, Alexis était entendant.

Revenu de sa chambre, Guillaume s'installa sur le canapé. Comme pour chasser un peu ses idées noires, il mit une vidéo de la série américaine « *Friends* ».

- Tu veux boire quelque chose ? demanda Hervé à Marc.

Le journaliste accepta volontiers un thé qu'ils partagèrent tous les trois autour de la table du salon.

- Merci.

Natacha et Hervé lui demandèrent :

- Tu peux nous aider, Marc ?
- Oui. Bien sûr. Moi aussi, je suis inquiet pour Alexis.

Le temps passa.

Ils bavardèrent, surtout d'Alexis et du genre de fils qu'il était.

A l'opposé de Guillaume, son frère aîné, Alexis était un peu flemmard et n'aimait pas étudier. Il fallait le forcer, l'inciter, l'encourager. Parfois, c'était épuisant pour les parents. C'était un rêveur pur. Il venait de réussir son bac, mais sans mention.

Guillaume, déjà bon triathlète et excellent élève, était en deuxième année d'archéologie à l'Université de Beaulieu, à Cesson-Sévigné.

Au cours de la discussion, Hervé consulta plusieurs fois son portable. Depuis vendredi soir, il n'arrivait pas à joindre Milo, son entraîneur, qui était également son oncle.

6

Milo était un personnage atypique, une sorte de Philippe Lucas du triathlon.

Son enfance avait été consacrée à la course à pied. Jusqu'à l'âge de vingt-quatre ans, il avait couru dans toutes les compétitions confondues.

A deux doigts d'intégrer l'équipe de France des Jeux Olympiques dans les années soixante-dix, il se rompit les ligaments du genou. Il ne retrouva jamais son niveau.

Par la suite, il devint coach à mi-temps et fut même élu coach de l'année en 1993.

Milo était désormais un veuf de soixante-deux ans. Il fréquentait bien des femmes mais il ne s'était jamais remis de la perte de son épouse décédée d'une maladie du sang, la leucémie, douze années plus tôt.

Hervé décida d'aller le voir.
- Je peux venir avec toi ? demanda Marc.
- Bien sûr.

- C'est loin ?
- Non, sa maison se trouve à Bruz.
- Bon, d'accord. On y va.
- Je prends la voiture.
- Non, la mienne.

Ils roulèrent en silence. La communication entre sourds est limitée quand on conduit une voiture dans une circulation dense et rapide. Un instant d'inattention peut entraîner un accident.

Hervé montra les directions à prendre en LSF.

Courant mai 1944, Bruz avait subi un bombardement aérien par la Royal Air Force d'une redoutable efficacité. La ville avait été rasée, près de quarante pour cent de la population furent tués en vingt minutes. Le bilan avait été de cent quatre-vingt trois morts, trois cents blessés et six cents sinistrés.

Après la guerre, Bruz avait connu une période de reconstruction et une forte croissance démographique depuis la fin du vingtième siècle.

Hervé tendit le doigt.
- C'est là. Continue tout droit puis tourne à gauche.

La bagnole de Marc s'arrêta sur un parking presque vide derrière la maison de l'entraîneur.

Devant la porte d'entrée, Hervé sonna.

Personne n'ouvrit.

Heureusement, il avait le double des clés.

Milo lui faisait toujours confiance. Hervé pouvait utiliser sa salle de musculation quand il en avait envie, surtout en période hivernale.

Lorsque la porte fut ouverte, Marc remarqua sur le champ qu'on avait saccagé la pièce.

Hervé se rua à l'intérieur.
- Milo ?
Marc le suivit, regrettant un peu de ne pas être armé.
La maison possédait quatre pièces et une cuisine. Ils les visitèrent toutes. Sans trouver âme qui vive.
- Il manque quelque chose ? sollicita Marc.
Hervé ne dit rien pendant un moment. Il examina le salon.
- Pourquoi ce bordel ? relança Marc.
- Comment puis-je savoir ? La télé est toujours là, le lecteur DVD aussi.
Hervé secoua la tête, constatant l'importance des dégâts.
Ils passèrent dans la chambre à coucher. Hervé ouvrit un placard.
- Il manque sa valise et quelques vêtements. Ça devient franchement bizarre.
- Comment cela ?
Hésitation courte.
- Milo est un mec plutôt bien. Il n'a jamais eu de problème avec personne...
- Vraiment ?
- Je t'assure.

De retour à Chavagne, dans la voiture garée de l'autre côté de la rue devant la maison de la famille Ducasse, Hervé décrivit un peu plus le bonhomme qu'était Milo :
-.Grâce à lui, j'ai pu vivre mon rêve de gamin : faire du sport à haut niveau. Mon oncle a vite compris que j'étais déterminé, sérieux et que seul le haut niveau était mon objectif.

- Il disait toujours : « L'essentiel est de donner le meilleur de soi-même », ajouta-t-il.

Marc ne l'interrompit pas.

- Il m'a confié : « Un jour, tu gagneras à Nice ». Avec lui, je n'ai jamais eu besoin d'écouter de long discours, quelques signes et un regard suffisaient.

- Je ne comprends pas ce qui se passe. Alexis, Milo…, poursuivit-il.

Silence total dans la voiture.

Hervé ouvrit la portière, s'apprêtant à sortir :

- Il faut qu'on les retrouve. Tu vas nous aider, hein ?

Marc promit de faire le maximum.

Il salua son ami et le regarda disparaître dans la demeure où l'attendait Natacha.

Il redémarra et rentra chez lui, à Saint-Jacut de la Mer.

7

Une heure plus tard, il trouva une place sur le boulevard du Rougeret, juste en face d'une petite maisonnette.
Il ouvrit le portail pour traverser la courette. Quand il pénétra à l'intérieur, Charlotte lui fit signe aussitôt :
- Je travaille !
- D'acc.
Marc passa dans la chambre à coucher à l'étage et décida de prendre une douche avant de redescendre.

Pendant les trente-cinq premières années de sa vie, Marc avait habité chez ses parents dans un T5 à Rennes. Ensuite, il avait passé quatre ans à Paris et quelques nuits chez Léa. Mais son vrai logement avait toujours été chez ses parents.
Tout avait changé cinq ans auparavant quand Charlotte avait proposé à Marc de vivre avec elle dans un petit studio à Saint-Jacques de la Lande.

Après la mort de ses parents – son père victime d'un cancer et sa mère d'une crise cardiaque un an plus tard –, ils s'étaient définitivement installés à Saint-Jacut de la Mer.

Cette presqu'île, particulièrement bien protégée des vents, avec son vieux bourg de pêcheurs, aux curieuses rangées de maisons, offrait à ses visiteurs onze plages de sable fin.

C'était l'endroit idéal et rêvé pour une écrivaine.

Marc prit un jus de fruit dans le frigo et avala une longue gorgée. La cuisine et le salon formaient un seul grand espace.

- Tu as envie de quoi ? demanda Charlotte en signant.
- Rien de spécial.
- Tu veux prendre l'air ?
- Non.

Elle s'approcha. Elle portait un pantalon de survêtement rose et un tee-shirt blanc. Ses cheveux étaient tirés en queue-de-cheval. Quelques mèches s'en échappaient et lui retombaient sur le visage.

Marc la serra brièvement dans ses bras.

- Ça va ? T'as bien bossé ? enchaîna-t-il.
- Oui, et j'espère terminer mon roman avant le 1er septembre.
- Je croyais que tu devais le rendre ce mois-ci à ton éditeur ?
- Non.

Ils s'installèrent à la table de la cuisine.

- Tu veux manger quoi ? demanda Marc.
- Quelque chose vite fait.
- Des pâtes à la bolo…

Elle le coupa.
- Parfait !
Marc se leva pour chauffer de l'eau et revint s'asseoir. Marc lui parla de la disparition étrange du fils d'Hervé puis de la fuite de l'oncle. Elle l'écouta avec attention, lui posant peu de question.
- Je dois aller dans les Landes jeudi prochain.
Marc parut surpris.
- Encore ?
- Oui, pour le Salon du Livre à Hossegor.
- Pour combien de temps ?
- Trois jours. Je reviendrai dimanche soir.
Pause.
- Ça fait déjà longtemps qu'on est ensemble, reprit-il
- Et alors ?
- Tu aimes voyager.
- Ça, oui.
- Tu me manques quand tu n'es pas là, déclara-t-il.
- Et tu me manques aussi quand tu t'absentes pour ton travail… journalistique.
Elle se pencha vers lui avec un grand sourire.
- Mais je suis une femme indépendante.
- Je te l'accorde.
Elle posa la main sur son bras.
- Nous sommes libres, heureux et en bonne santé.
Charlotte avait raison, bien sûr. Ils étaient un couple moderne.
Contrairement à l'image classique que leurs parents leur avaient donnée, avec la femme au foyer et l'homme au boulot, ils s'autorisaient tout.
Marc lui sourit.

Charlotte se leva pour venir s'asseoir sur ses cuisses. Elle l'enlaça, approcha ses lèvres de ses yeux.
- J'ai très envie de toi, Marc.
Elle se releva.
- Viens, on va sur le canapé.
- Et après ?
Elle lui glissa un regard ravageur.

8

Marc arriva le lendemain matin devant l'immeuble de la rue de Brest.

Les bureaux du magazine *Triple Effort Breton* se trouvaient au vingt-huitième étage d'une sorte de building, avec une splendide vue panoramique sur la ville de Rennes.

Le quartier de Bourg L'Evêque est un secteur urbain reconstruit à l'emplacement d'un des plus vieux faubourgs de la ville, déjà partiellement détruit par la construction du canal d'Ille-et-Rance, au début du dix-neuvième siècle.

Marc quitta l'ascenseur et entra dans la petite salle d'attente. Les murs étaient couverts de tableaux représentant quelques numéros de la revue – dont le premier avec en couverture Mark Allen, le plus grand triathlète de tous les temps.

Il tourna à droite et pénétra dans le bureau de Léa.
- Salut !
- Salut Marc !
Marc lui sourit. Elle lui rendit la pareille.
- C'est à propos d'Hervé Ducasse, commença-t-il en langue des signes.
- Oui et alors ?
- Hervé veut qu'on veille sur sa famille, reprit-il avant de tout lui expliquer.
Elle soupira.
- On est journalistes ou détectives privés ? questionna Léa avec ses mains longues et fines.
- Tu sais que le journaliste a besoin, lui, du sportif pour exister.
Elle croisa les jambes, les décroisa.
- Oui. Bon, que veux-tu que je fasse ?
- Son fils, Alexis, a été enlevé et son oncle, Milo, a pris la fuite... Tu pourrais essayer de trouver dans les journaux locaux d'autres évènements insolites qui se seraient déroulés ce week-end ?
- Oui, bon, je vais essayer.

Quand il eut terminé, Marc ouvrit une porte et entra dans son bureau.
Il voulait revoir Hervé.
- *On pourrait se retrouver chez toi ?*
- *Non, je serai à la piscine*, dit le texto du héros de Nice.
- *Bon, d'accord, je te rejoindrai dans une heure.*
- *Pas de problème. A tantôt.*
Marc raccrocha son portable.

9

Rennes comptait quatre piscines. Celle de Bréquigny était équipée d'un bassin olympique. Elle était assurément la favorite du nageur rennais, pour pas mal de raisons.

Sur place, un parking relativement grand, le tout encadré d'un complexe sportif : une salle multifonction, des terrains de foot, une piste d'athlétisme et un dojo.

Marc avait toujours la même émotion quand il franchissait les deux portes à ouverture automatique de l'établissement.

D'abord, la grosse vitre donnant vue sur le grand bassin et cette ambiance si particulière, puis l'odeur chlorée des eaux de la piscine... ce mélange d'effort, de jeunesse et d'insouciance. Marc connaissait bien cette piscine. Il avait fait partie du club de natation du Cercle Paul Bert.

Depuis, chaque fois qu'il pénétrait dans une piscine, même en tant que spectateur, il avait l'impression de revenir en arrière.

Il ouvrit une porte sur la droite de la grande baie vitrée, en face des toilettes. Il grimpa les marches pour s'installer sur un siège en plastique.

Hervé s'entraînait depuis déjà quarante minutes. Il n'était pas l'unique occupant du bassin.

Une dizaine de personnes exécutaient des longueurs. Chacun à leur rythme, des hommes et des femmes, des vieux et des sportifs.

Pas d'enfants, scolarité oblige.

Dans l'eau, ses gestes étaient fluides, c'était beau de le voir nager. Il nageait avec une aisance incroyable. Il pouvait rester des heures à faire des longueurs. Il était comme un poisson dans l'eau. Mais là, c'était la phase de récupération après son exploit à Nice.

Enfin, il sortit de l'eau. Il se hissa hors du bassin avec souplesse, enveloppant une serviette autour de ses épaules.

Il leva la tête pour voir si Marc était arrivé et l'aperçut au bout de quelques secondes. Il le salua au loin.

- Il faut qu'on parle, dit Marc en gesticulant.

Il acquiesça et lui fit comprendre de le retrouver dans dix minutes.

Marc attendit Hervé dans l'entrée de l'établissement en feuilletant le nouveau numéro d'*Echo Magazine*, le journal mensuel des sourds de France.

Hervé fut aussi rapide sous la douche qu'il l'était sous l'eau. Il apparut vêtu d'un simple tee-shirt bleu marine et d'un jean's, les cheveux encore mouillés. Un sac de sport à la main.

Après une accolade fraternelle, Marc l'interrogea.

- Ton oncle travaillait-il avant de disparaître ? interrogea Marc
- Oui, chez Décathlon.
- Où ça ?
- A Chantepie.
- Milo avait-il des habitudes ? Des endroits qu'il aimait fréquenter ?
- Toujours les mêmes.
- Les centres d'entraînement ?
- Oui. Il continuait à entraîner ses poulains.
- Des amis proches qui auraient pu l'aider en cas de problème ?
- Personne en particulier.
- Des membres de sa famille, non ?
- Oui. S'il y a quelqu'un en qui il a confiance, c'est sa sœur, Zulma.
- Ok. Elle vit à Rennes ?
- Non, à Paimpont.
- Tu pourrais la prévenir pour moi ? Lui dire que j'aimerais passer la voir.
- Quand ?
- Maintenant, si c'est possible.
- D'acc. Je lui envoie un SMS.

10

Marc était en route pour aller voir Zulma Brunet quand son portable vibra. Charlotte.
- *Marc, mon cœur, comment vas-tu ?*
- *Bien.*
- *Tu es où ?*
- *Dans ma voiture.*
- *Tu vas chez quelqu'un ?*
- *Oui. La tante d'Hervé.*
- *Tu reviens ce soir à la maison ?*
- *Je ne sais pas.*
- *Je t'aime.*
- *Je t'aime moi non plus.*

Zulma Brunet vivait à Paimpont, la perle du massif forestier de Brocéliande, au cœur de la Bretagne, berceau de la légende du Roi Arthur et des chevaliers de la Table Ronde.

La maison était une longue bâtisse de plain-pied avec peut-être trois chambres à coucher, une salle de bains et un garage. Marc gara sa Golf dans l'allée.

Zulma Brunet approchait la soixantaine. Mince, le visage anguleux et les joues creuses, elle portait une longue robe bohème. Quand elle ouvrit la porte, elle adressa un sourire à Marc. Une paire de lunettes pendues au bout d'une chaîne reposait sur sa poitrine. Elle tenait un bouquin à la main.
- Vous êtes Marc Bouleau ? Entrez, dit-elle en langue de signes.
Elle connaissait parfaitement la LSF. Elle avait pris des cours auprès de son neveu, Hervé.
Il la suivit.
Il régnait dans la maison une odeur spécifique qui rappela à Marc son enfance chez ses grands-parents.
- Je viens de faire du café. Vous en voulez ?
- C'est gentil à vous, merci.
- Installez-vous. Je reviens tout de suite.
Marc se posa donc et examina la pièce. Il y avait des tas de photos sur la cheminée.
Presque toutes mettaient en scène une jeune femme qui lui parut vaguement familière.
La fille de Zulma Brunet, sans doute.
Grâce aux images encadrées, on pouvait suivre l'évolution de la jeune femme depuis la naissance jusqu'à l'âge adulte.
Devant ces clichés – la plupart étaient en noir et blanc –, Marc, sensible, était assez ému.

Zulma revint dans le salon avec un plateau.
- Nous nous sommes déjà rencontrés, dit-elle.
Marc hocha la tête, essayant de se souvenir.
- Vous étiez au lycée, dit-elle en lui tendant une tasse.
Puis elle poussa le plateau avec du lait et le sucre vers lui.
- Mon frère Milo m'avait emmenée à une de vos courses à pied. Vous étiez vraiment au-dessus du lot.
Marc recouvra la mémoire. Il était en première. C'était le championnat régional de cross UGSEL à Vitré. Il concourait dans la catégorie Junior pour le lycée Saint-Vincent à Rennes. Il était parti derrière puis il avait rejoint assez rapidement un coureur qui avait porté une accélération… C'était Hervé. Marc avait continué à son rythme voyant que son concurrent ne pouvait pas le suivre. Marc avait fait la moitié de la course tout seul devant.
- Je me souviens, dit-il avec un sourire.

Elle avala une gorgée de café. Marc but sa tasse avant de demander :
- Avez-vous vu Milo ces derniers temps ?
Zulma reposa lentement sa tasse tout en l'observant.
- Pourquoi me demandez-vous cela ?
- Il ne répond plus aux appels de votre neveu.
- Ça, j'ai compris, répliqua Zulma, mais quel est votre intérêt là-dedans ?
- Je veux aider.
- Aider à quoi ?
- A le retrouver.

Zulma hésita une seconde.

- Ne le prenez pas mal, Marc, mais en quoi cela vous concerne-t-il ?

- J'essaie d'aider Hervé et Natacha. Par ailleurs, ils ont reçu une lettre de menace anonyme au sujet d'Alexis, qui a disparu également.

- Je sais, Hervé m'a appelée ce matin.

Zulma chaussa ses lunettes et se mit à lire.

Elle reposa la lettre sur la table basse.

- Je pense que vous devriez peut-être éviter de vous mêler de ça, Marc.

- Alors, vous savez où il est ?

- Ce n'est pas ce que j'ai dit.

- Votre petit neveu, Alexis, semble en danger, madame Brunet. Il y a peut-être un lien avec Milo.

- Vous croyez que Milo pourrait faire du mal à son propre petit-neveu ?

- Non, je dis seulement qu'il y a peut-être un rapport. Milo a pris quelques affaires. Sa maison a été fouillée.

Elle ne dit rien.

- Je pense qu'il a des ennuis.

- Quel genre d'ennuis ?

- Familiaux.

Elle reprit la lettre dans ses mains.

- S'il a des ennuis, dit-elle, il vaut peut-être mieux qu'il reste caché.

- Dites-moi où il est, madame Brunet. J'aimerais l'aider.

Elle resta silencieuse, et relut la lettre.

Marc regarda la pièce autour de lui. Ses yeux découvrirent de nouveau les photographies. Il se leva pour les examiner.

- C'est votre fille ? s'enquit-il.

Elle le regarda par-dessus ses lunettes.

- Camille. Mon mari, Auguste, est mort quand elle avait sept ans.

- Comment ?

- Il a été victime d'un malaise cardiaque, puis plongé dans le coma. Il a résisté pendant trois semaines avant de s'en aller rejoindre ses parents.

- Je suis désolé.

Elle haussa les épaules, esquissa un triste sourire.

- C'est le mari de Camille, là, à droite. Et mes deux petites filles.

Marc prit la photo.

- Belle famille.

Marc se tint face à elle. Elle lui rendit son regard.

- Un homme est venu la semaine dernière. Il voulait savoir où était Milo. Je lui ai dit que je ne le savais pas.

Marc se sentit gêné.

- A quoi ressemblait-il ?

- Géant et costaud comme une armoire à glace.

- Il vous a menacée ?

- Quand je lui ai répondu que je ne savais pas, oui, il m'a menacée avec un couteau de boucher, puis il est parti.

Marc fronça les sourcils.

- Avez-vous appelé la police ?

- Non.

- Pourquoi ?

- Milo m'a demandé de ne pas le faire.
- Où est Milo, madame Brunet ?
- Je vous en ai déjà trop dit, Marc. Je voulais juste vous faire comprendre.

Il décida de changer de conversation.

- Vous vous rappelez l'époque où votre grand frère sourd, le père d'Hervé, s'est tué dans un accident de voiture ?

Zulma se raidit un peu.

- On n'oublie jamais la mort de son grand frère, répondit-elle. Et je ne vois pas le rapport. Cela fait presque quarante ans que Louison est parti…

Marc ne l'interrompit pas.

- … C'est dur. C'était la veille de Noël. Hervé avait à peine quatre mois. Attendez. Je vais vous montrer une photo.

Zulma se leva et quitta la pièce.

Moins d'une minute plus tard, elle revenait et lui tendait une photo. Marc étudia le cliché.

De taille impressionnante, les cheveux châtains ondulés, les jambes courbées, le dos légèrement voûté sous une épaisse carapace de muscles, Louison donnait, malgré sa minceur et un visage de gamin, une impression de force virile extraordinaire.

Il était impossible de lui donner un âge avec certitude.

Marc leva enfin les yeux de la photo.

Un sourire mélancolique flotta un instant sur les lèvres de Zulma.

- Louison était un grand sportif. Il était coureur cycliste professionnel. Il ne lâchait rien. Cinq mois avant sa mort, il avait terminé son premier Tour de France. Il avait vingt-quatre ans.

Nouveau silence. Marc attendit... mais le silence restait là, dans la pièce, avec eux.

- Je suis très fatiguée, Marc. Pourrions-nous reparler de tout cela une autre fois ?

- Bien sûr.

Il se leva.

- Si votre frère vous contacte...

- Il ne le fera pas. Il ne m'a pas appelé depuis vendredi.

- Savez-vous où il est, madame Brunet ?

- Non. Milo n'a pas voulu me le dire. Selon lui, ça valait mieux pour tout le monde.

Marc sortit une de ses cartes de visite.

- Vous pouvez me joindre vingt-quatre heures sur vingt-quatre via SMS.

Elle acquiesça, vidée.

11

Marc et Hervé étaient assis seuls sur la terrasse du domicile des Ducasse.
- Zulma t'a dit quelque chose ? se renseigna Hervé.
- Oui. Selon elle, il est en cavale. Un homme est venu la voir. Il cherchait Milo. Il l'a un peu secouée.
- Mon Dieu, comment va-t-elle ?
- Ça va. Ne t'inquiète pas.
Un moment passa.
- Pourquoi se cache-t-il ?
- Zulma n'en sait rien.
Hervé le dévisagea, hésita une seconde.
- Quoi d'autre ?
- Rien de spécial.
Marc quitta la chaise longue et dit :
- Tu es libre jusqu'à quelle heure ?
- Je dois reprendre mon boulot à dix-huit heures.
- Bon, d'accord. On y va.

Marc se dirigea vers sa voiture. Hervé le suivit.
- On va où, maintenant ? demanda-t-il.
- Je veux voir le directeur du magasin de ton oncle.
- Tu penses qu'il sait quelque chose ?
- Ça m'étonnerait. Mais je préfère fouiner partout en espérant tomber sur quelque chose.

Ils étaient devant la voiture. Marc déverrouilla les portes et ils grimpèrent à bord.
- Je devrais te payer pour ton temps, dit-il.
- Non. Je ne suis pas détective privé.
Marc démarra.
Ensuite, ils roulèrent en silence. Comme toujours.
Avant de quitter la rocade sud, Marc remarqua une BMW grise dans son rétroviseur. Il ralentit pour mémoriser le numéro. Une plaque d'immatriculation française. Avec le logo de la région Bretagne. BC-229-RZ.
Quand il pénétra dans le parking du magasin Décathlon, la BMW continua sa route.

Marc et Hervé se présentèrent à l'accueil du magasin. Il y avait trois femmes dont une plus âgée que les autres.
La cinquantaine, environ.
Marc préféra s'adresser à elle.
- Puis-je rencontrer le directeur ?
- C'est pour quoi ? demanda gentiment la dame.
- C'est pour parler de Milo Ducasse. Vous le connaissez ?
- Oh oui ! C'est un gars merveilleux, articula-t-elle. Attendez une minute.

Elle décrocha le téléphone et composa le numéro du directeur.

Pendant ce temps, les deux hommes aperçurent au loin une femme au ventre arrondi qui avançait vers la caisse spéciale « Femmes enceintes ». Ils étaient au moins une dizaine à faire la queue mais aucune femme enceinte ni de personnes handicapées dans le lot.

La future maman s'excusa gentiment auprès des gens. Malheureusement, ceux-ci n'avaient pas l'air commode.

Marc et Hervé continuèrent d'observer la scène.

Les esprits s'étaient calmés lorsque la caissière et le vigile leur montrèrent une pancarte près de la caisse : « Si vous faîtes la queue à cette caisse, vous vous engagez à laisser passer toute personne handicapée ou femme enceinte ».

Quand la dame raccrocha enfin le téléphone, elle leur sourit.

- C'est bon. Il est libre. Mais pour cinq minutes seulement ! Je vais vous accompagner jusqu'à son bureau. C'est au premier étage.

- Ah ! D'accord et merci.

Au poste du directeur du magasin, Jean-Marie Bignon en costard-cravate avait la tête plongée dans des dossiers qui s'éparpillaient partout sur son bureau et sur ses étagères.

Il accueillit Marc et Hervé avec sourire.

- Bonjour ! Que puis-je faire pour vous ?
- Bonjour.

Marc mit le doigt à son oreille pour lui faire comprendre qu'il n'entendait pas.

- Ah ?... mais vous parlez quand même.

- Oui, un peu.

Marc s'enquit de Milo Ducasse.

- Il n'est pas venu depuis vendredi, se soucia le directeur. Pas d'appel, rien.

- Comment ça ?

- J'ai essayé de l'appeler. Mais ça ne répondait jamais.

- Milo était-il sérieux dans son travail ?

Jean-Marie Bignon dévisagea Marc, les yeux plissés.

- Vous êtes un flic privé ?

- Quelque chose comme ça.

- Et vous bossez pour qui ?

Marc lui indiqua Hervé, pensif.

- C'est le neveu de Milo.

- Ah ! Ok…

Petit silence.

- Oui, Milo faisait correctement son boulot comme responsable de rayon. Et il devait partir en retraite dans un mois, continua le directeur. Du coup, j'avoue que je ne sais pas trop quoi faire.

- J'ai un service à vous demander ?

- Oui. Lequel ?

- On peut aller voir son casier ?

- Bien sûr. Je vais prévenir le responsable du personnel qui vous attendra dans le vestiaire à l'opposé de l'entrée du magasin.

- D'accord et merci.

Ils traversèrent le magasin pour aller vers le vestiaire. C'était blindé de monde. Un responsable du personnel les attendait.

Armé d'un pied-de-biche, il fit sauter la serrure avec précision.

- Merci d'être passé ici, dit-il avant de quitter la pièce.

Hervé ouvrit la porte du casier.
Il n'y avait rien d'important à l'intérieur : quelques bouteilles d'eau vides et des vieux magazines *Triathlète*.
Mais Marc remarqua un pantalon chiffonné dans le fond du casier. Il le prit et fouilla les poches dans lesquelles il trouva un papier plié en quatre.
Il le déplia et se mit à lire.
- Qu'est-ce que c'est ? demanda Hervé.
- Une lettre anonyme.

Il la lui tendit :

>MILO,
>JE VEUX VOUS VOIR.
>AU STADE DE FOOT.
>A MORDELLES.
>VENDREDI MIDI.
>LE CORBEAU

Hervé se raidit.
- Tu n'aurais pas une idée de qui il s'agit ? demanda Marc.
- Non, vraiment, je ne vois pas, dit-il lentement.
Marc lui demanda s'il pouvait récupérer la lettre. Hervé la lui passa.
Ils achevèrent de vider le casier.
Pourquoi Milo avait-il laissé la lettre du corbeau dans son casier ?
Et quand l'avait-il reçue ?

A priori, le kidnappeur l'avait déposée dans sa boîte aux lettres la semaine précédente.
Ils rangèrent le reste des affaires dans le casier.

12

Marc ramena Hervé à son domicile. Tout au long du trajet, il garda un œil sur son rétro, cherchant la BMW grise, mais il n'en vit aucune qui ressemblait à celle aperçue auparavant.

Il prit ensuite la quatre voies Lorient-Rennes. Après avoir bifurqué vers le centre-ville, il arrêta sa Golf dans un parking à proximité du Stade Rennais et alla à pied jusqu'à un arrêt du bus.

Marc évitait, dans sa vie quotidienne, les trajets en bus. Il n'aimait pas trop ce moyen de transport. Trop de contraintes et d'attentes. Il préférait se déplacer en voiture.

Mais là, c'était exceptionnel.

Une autre façon de voir les gens et cela allait lui changer les idées.

Il attendit donc quelques minutes et monta dans un bus qui le conduisit jusqu'à la place de la République.

Les stations défilaient. Puis le bus stoppa au bon endroit.

Sans attendre, il prit l'escalier qui menait en bas pour prendre le métro en direction de la bibliothèque du quartier Thabor-Lucien Rose, l'une des onze bibliothèques municipales de Rennes.

Marc voulait en profiter pour faire quelques recherches dans les archives sur les raisons de l'accident de voiture de Louison Ducasse, le père d'Hervé.

Il trouva rapidement une bibliothécaire.

Entre trente et trente-cinq ans, jugea Marc. D'origine asiatique, elle était menue, avec des yeux en amande ravissants, de longs cheveux soyeux. Elle portait un ensemble beige et des bas noirs.

- J'espère que vous pourrez m'aider, dit-il. J'ai besoin de consulter des journaux d'*Ouest-France* remontant à quarante ans. Seulement ceux du mois de décembre, précisa-t-il.
- En quelle année ?
- 1974.
- Patientez un peu, annonça la jolie bibliothécaire.

Elle se leva pour se diriger vers la salle des archives.

Dix minutes plus tard, elle revenait avec une épaisse mais large boîte cartonnée.

Marc la remercia et entra dans la grande salle de lecture. Il ouvrit rapidement la boîte, constatant que les journaux avaient un peu jaunis.

Limitant ses recherches à la rubrique nécrologique, dans les numéros qui précédaient ou suivaient le jour de Noël, Marc ne tarda pas à tomber sur l'avis de décès.

« Toute la famille a la tristesse de vous faire part du décès de Monsieur Louison Ducasse survenu à l'âge de vingt-quatre ans. La cérémonie religieuse sera célébrée samedi 28 décembre 1974 à 14 heures 30, en l'église de Bruz. Cet avis tient lieu de faire-part et de remerciements ».

Rien sur la cause de la mort.
C'était tout.

Marc se souvenait à présent qu'Hervé lui avait confié qu'il s'agissait d'un tragique accident. La route était glissante. C'était la nuit, il avait plu.

Elargissant ses recherches à la rubrique de la vie locale, Marc sentit soudain sa gorge se dessécher. Il avait repéré le titre, en effet, en caractères gras.

« Camion contre auto : un mort »

L'article datait du 25 décembre 1974.
Il attaqua les premières lignes.

« Vers 3 heures du matin, mardi, un choc violent s'est produit entre un camion et une automobile, sur la route de Vern-sur-Seiche... ».

Ses yeux parcoururent l'article en entier jusqu'à ce que l'identité du chauffeur de la voiture soit citée : Louison Ducasse, 24 ans, coureur cycliste professionnel.

Il avait trouvé ce qu'il cherchait, mais il n'y avait guère d'autres détails intéressants.

Il relut l'article. Encore et encore.

Marc se massa le visage. Il sentait un début de mal au crâne.

13

Avant de reprendre sa voiture, Marc voulait poser quelques questions à Zulma Brunet. Il lui envoya un SMS.
- *Bonjour, c'est Marc Bouleau, l'ami d'Hervé et Natacha. Vous souvenez-vous de l'accident de Louison ?*
Brève attente.
- *Bien sûr, mais Louison est mort il y a quarante ans. Quel rapport avec la disparition de Milo ?*
Zulma semblait un peu déboussolée.
- *C'est un peu compliqué à expliquer.*
Marc reprit.
- *Je vous en prie, racontez-moi ce dont vous vous rappelez.*
- *Il n'y a pas grand-chose, en fait. Milo avait du mal à accepter la mort de son grand frère. C'est tout ce que je sais.*
Marc enregistra cette information et s'apprêtait à la questionner de nouveau, mais cette fois, Zulma le précéda.

- *Vous pensez que vous pourrez les trouver, lui et Alexis, sans la police ?*
- *Je l'espère, Zulma. Encore une question et je ne vous dérange plus. Votre frère a-t-il des problèmes de relation avec les femmes ?*

Elle réfléchit un moment.
- *Non, je ne crois pas.*

Marc la remercia.

14

De retour au siège social de la revue *Triple Effort Breton*, Marc passa dans son bureau. Léa était à sa table, en pleine conversation téléphonique.

Elle leva un doigt, signalant de lui accorder une minute, et continua à parler. Marc s'assit face à elle.

Quand Léa raccrocha, Marc lui demanda :
- Tu as quelque chose sur Milo Ducasse ?
- Oui.

Elle prit une feuille de papier.
- Il a un compte au Crédit Mutuel de Bretagne et il a retiré de l'argent récemment.
- Quand ça ?
- Vendredi dernier, d'après les dires de l'employé de banque.
- Combien ?
- Cinq mille euros.

Marc montra sa surprise.

- Donc, il se préparait à donner de l'argent à quelqu'un d'autre ou à partir loin, à l'étranger par exemple. Ce qui expliquerait ce qu'on a vu chez lui.

Marc lui fit un résumé des événements de la journée : la BMW grise, la lettre du corbeau dans le casier et la mort de Louison Ducasse relatée dans le journal d'*Ouest-France* du 25 décembre 1974.

Elle fit une moue dubitative.

- Il y a quelque chose qui coince.

Marc la remercia puis il alluma son ordinateur pour voir s'il avait reçu des mails.

Quelques instants plus tard, il contacta Hervé via Skype.

Ce dernier décrocha.

- Je suis quasiment certain que tu es surveillé.
- Pourquoi ? Pour mon fils ?
- C'est possible. Quelqu'un a très envie de rencontrer Milo. Il a déjà agressé ta tante. Toi et ta femme, vous pourriez être les prochains sur la liste.
- Tu penses que nous sommes en danger ?
- Oui.

Pause.

- Et tu as une proposition à nous faire ?
- Oui, mais il faudrait d'abord qu'on aille voir ensemble ta tante, avec Natacha et Guillaume.
- D'accord.
- Ensuite, il faudra que vous quittiez le domicile. Vous n'y êtes pas en sécurité.

Hervé réfléchit un instant.
- Nous pouvons aller chez des amis.
Marc secoua la tête.
- Non.
- Où devrions-nous nous installer selon toi ?
- Dans mes bureaux. Tu sais que nous avons deux chambres à coucher, une petite cuisine et un salon.
- Tu veux que nous dormions dans tes bureaux ?
- Juste une nuit ou deux.
- Ok, dit Hervé un peu gêné. Et merci pour tout.
- Demain matin. Dix heures ?
- Non, je ne peux pas. Je travaille jusqu'à midi.
- Bon, à deux heures de l'après-midi ?
- Oui, ça ira.
- Ok. Bonne soirée.
- A toi aussi.
Marc vérifia ensuite si des SMS lui étaient parvenus. Aïe. Charlotte avait envoyé trois messages.
- *Me voilà. J'étais occupé.*
- *Je comprends. Dis donc, j'ai une bonne nouvelle.*
- *Ah ?*
- *Je viens d'apprendre que je recevrai le prix Médicis pour mon dernier roman paru l'an dernier. Je suis contente.*
- *Super. Tu le mérites. Vraiment.*
- *Reviens à la maison, s'il te plaît.*
- *Non, pas ce soir. Demain, oui. Je vais passer la nuit ici.*
Pourtant, Marc sentait la distance qui les séparait.
- *Je t'aime*, dit le texto de Charlotte.
- *Je t'aime aussi.*

- Alors, reviens à la maison.
- Ecoute, Charlotte, j'ai un rendez-vous important demain. On en reparle, d'accord ? Bisous.
- Bon, d'accord. Gros bisous. A demain.

15

Le lendemain, en début d'après-midi, la pluie tombait à torrents sur l'asphalte noir et luisant. Ils avaient pris la voiture de Natacha – une Renault Clio à cinq portes – pour aller chez Zulma Brunet. Les essuie-glaces balayaient sans cesse le pare-brise pour donner une meilleure visibilité.

Tout le monde descendit de la bagnole. Le trio familial entra dans la demeure de Zulma sans sonner. C'était une vieille habitude à eux. Marc les suivit.

- Bonjour tout le monde, dit la tante d'Hervé à travers son amical sourire.

Hervé, Natacha et Guillaume l'embrassèrent.

- Bonjour Marc.
- Bonjour Zulma.
- Vous voulez un café ?
- Non, merci.

Elle pivota vers ses proches.

- Vous non plus ?
- Non plus.

- Bon, asseyez-vous, je vous en prie.

Marc et les Ducasse s'installèrent sur un canapé, Zulma face à eux dans un fauteuil en rotin.

Marc se pencha vers elle.

- Vous rappelez-vous des raisons pour lesquelles Hervé a été placé dans une famille d'accueil ? lança-t-il.

Zulma se figea un instant et se tourna vers Hervé. Le visage de ce dernier restait totalement neutre et patient.

- Un an seulement après la mort de ton père, ta mère n'était pas partie avec un autre homme mais…

Zulma avala la salive.

- … s'était suicidée.

Hervé parut choqué.

Silence.

- Pourquoi ?

- Ta maman était déjà déprimée et ne travaillait pas. Le pire, c'est qu'elle était devenue alcoolique.

- Vu son état, elle ne pouvait pas s'occuper seule de ses enfants, continua-t-elle.

Hervé craqua un peu. Ses jambes tremblaient.

- Quoi ? J'ai un frère ou une sœur ?

Zulma approuva.

- Oui, tu as un frère jumeau. Il s'appelle Eric.

- Pourquoi ne m'en a-t-on jamais parlé ? C'est hallucinant ! Pourquoi l'avoir caché ?

Hésitation courte.

- Nous l'avons fait pour te protéger. Milo, également.

- Il est entendant, ou sourd comme moi ?

- Non, il n'est pas sourd.

- Il est vivant ou pas ?

- Je crois qu'il est toujours là.

- Pourquoi mon frère n'était pas avec moi quand j'étais en famille d'accueil ?

Soupir de Zulma. Natacha ne quittait pas son mari des yeux.

- Après la perte de tes parents, toi et ton frère, vous aviez besoin de stabilité affective. C'était urgent. Mais malheureusement, il n'y avait plus de place pour vous accueillir dans une même famille d'accueil. Pas la moindre.

- C'est-à-dire ?

- C'était la DDASS, ayant la compétence de la protection de l'enfance, qui en avait décidé... A l'époque, on disait « Les enfants de la DDASS ». Vous aviez besoin avant tout d'affection, d'amour filial, et d'une éducation saine et équilibrée.

Elle s'arrêta un moment. Puis évoqua :

- Moi, j'aurais bien aimé vous garder, toi et Eric mais mon mari n'avait pas voulu.

Long silence.
Finalement, ce fut Marc qui prit la parole.
- Alors, où a-t-il été placé ?
- Loin d'ici. Dans le sud de la France, du côté d'Avignon.
- Et depuis son départ, vous ne l'avez jamais revu, c'est ça ?
- Non, mais on avait de bons contacts avec la famille d'accueil... On se téléphonait de temps en temps.

Elle s'arrêta comme à court de souffle.
- Et puis ? insista Marc.
- Je n'ai plus eu de ses nouvelles quand Eric est devenu majeur.
- Pendant ces vingt dernières années, il n'a jamais trouvé le moyen de venir vous voir ? Ou d'arranger une rencontre ? Ne serait-ce qu'une en vingt ans ?

Zulma eut envie de pleurer à chaudes larmes mais se retint.
- Non.

Marc demanda si d'autres personnes étaient au courant.
- Non.
- Merci quand même de nous avoir aidés à clarifier une question aussi importante, déclara Marc. Je crois qu'il va leur falloir du temps pour digérer tout ça.

Marc consulta alors Hervé du regard. Celui-ci hocha la tête. Les deux hommes se levèrent. Natacha et Guillaume, muets comme des statues depuis le début, les imitèrent.

16

Lorsqu'ils quittèrent Paimpont, la pluie avait cessé. Le soleil commença à faire son apparition.

A Rennes, la route humide fumait à certains endroits.

Marc et le trio familial prirent l'ascenseur. Quelques secondes plus tard, ils pénétrèrent dans les bureaux du magazine *Triple Effort Breton*.

Léa était toujours au téléphone.

Marc fit visiter son bureau et le reste à Natacha et Guillaume. Quant à Hervé, il se mit à feuilleter les vieux numéros de la revue qui se trouvaient sur une table basse de la petite salle d'attente.

Au loin, dans le salon, Guillaume jeta un coup d'œil par la fenêtre et dit.

- Waouh !...

La vue d'en haut était, il est vrai, à couper le souffle.

Il fit signe à sa maman de se joindre à lui.

- Oh ! C'est magnifique, s'exclama-t-elle.

- Oui. Et ce soir, avec le coucher du soleil, ce sera encore plus beau.

Natacha et Guillaume essayèrent ensuite de reconnaître les monuments historiques.

Comme le palais du Parlement de Bretagne. Un bâtiment d'architecture classique construit au dix-septième siècle.

Natacha ne put s'empêcher de se souvenir de l'incendie du 5 février 1994 dû à l'incident lié aux violentes manifestations de marins-pêcheurs bretons. Après ce drame, il avait fallu restaurer ce monument.

Entièrement.

Elle se rappelait aussi qu'elle était enceinte de Guillaume. C'était les premiers jours de sa grossesse.

L'arrivée soudaine de Léa la ramena au présent. Les présentations furent brèves.

- D'autres nouvelles ? s'enquit Marc.
- Aucune.
- Par contre, il y a un petit problème avec l'imprimeur, poursuivit-elle.
- Oui et alors ?
- Eh bien, le nouveau numéro de la revue risque de ne pas être prêt à l'heure pour les livraisons.
- Combien de temps de retard selon lui ?
- Quelques heures, maximum une demi-journée.

Marc poussa un long soupir avant de répondre.

- Contacte-le pour lui dire que c'est lui qui devra régler les frais dus à ce retard... ça va l'aider à accélérer ses machines.
- Ok, je vais le faire. A plus.

Marc consulta sa montre et se tourna vers Hervé.
- Tu travailles ce soir ?
- Non, je suis en vacances depuis ce midi.

Sans l'enlèvement d'Alexis et la disparition étrange de Milo, ils seraient partis en vacances pour trois semaines : la Bolivie et le Pérou.

Ah ! L'Amérique du Sud. Deux pays voisins et complémentaires. D'un côté, la Bolivie, un des pays les plus hauts du monde avec sa capitale La Paz, le lac Titicaca. De l'autre, le Pérou, berceau de la civilisation inca dont la beauté des sites archéologiques est sans équivalent.

Mais là, il n'en était plus question. Hervé réalisa qu'il n'avait pas pensé à annuler les billets.

- Ça te dit de marcher un peu ? proposa Marc.
- Pourquoi pas ? Tu as une idée ?
- Oui, on va passer au commissariat de police.
- Pour quoi faire ?
- J'aimerais savoir si ton frère jumeau est fiché par la police.
- Ok, on y va.

Hervé lança un regard vers sa femme comme pour dire : « A tout à l'heure ».

Et sortit dans le sillage de Marc.

De son côté, Natacha, qui avait l'air de s'ennuyer un peu, demanda à Guillaume.
- Tu veux aller au ciné ? ça nous changerait les idées...
- Maintenant ?
- Pourquoi pas ?
- Il y a quoi comme film sous-titré ?

- Je ne sais pas mais on peut jeter un coup d'œil sur Internet, non ?

- Bon, d'accord.

Guillaume prit son I-pad et l'alluma.

Au-dehors, Marc et Hervé prirent et longèrent le quai d'Ille-et-Rance. Ils franchirent le pont de Bretagne et traversèrent la place de Bretagne.

Ils continuèrent tout droit en empruntant le boulevard de la Tour d'Auvergne.

Puis ils s'arrêtèrent devant l'imposant hôtel de police. Il se trouvait à côté du Palais de Justice, en face de l'école élémentaire publique Louise Michel.

Marc et Hervé se dirigèrent vers l'entrée et demandèrent le brigadier Thomas Pelay. Celui-ci avait quitté le lycée Saint-Vincent la même année que Marc. Il espérait le retrouver ici.

A l'accueil, on l'informa de patienter dans la salle d'attente. Il y avait six personnes qui attendaient avec impatience pour déposer leurs plaintes.

A sa grande époque, quand il était lycéen, il se souvenait de Thomas qui l'avait beaucoup aidé.

Pourquoi ?

Parce qu'il ne bénéficiait pas d'interprète.

Dur, dur, la vie au lycée quand on est sourd.

Le coup de coude d'Hervé le coupa des liens avec son passé.

Ce fut Thomas qui apparut au fond de la pièce. Malgré une calvitie précoce, il n'avait pas du tout changé. Marc savait qu'il avait le même âge que lui.

Fin connaisseur de l'univers de la célèbre bande dessinée belge, il était également scénariste et dessinateur.

Thomas fonça droit sur eux avec l'enthousiasme de quelqu'un qui vient de gagner au tiercé.

- Marc ! s'exclama-t-il en s'emparant de la main de Marc. Quel bonheur de te revoir.

Et serra celle d'Hervé, tout en félicitant pour sa victoire à Nice.

- Merci.
- Alors, qu'est-ce qui se passe ? Besoin d'aide ?
- Oui, un problème familial assez grave, précisa Marc.
- Venez dans mon bureau.

Ils le suivirent.

Derrière sa table de bureau équipée d'un énorme ordinateur, Thomas lança.

- Il paraît que tu n'habites plus en ville depuis belle lurette.
- C'est vrai.
- Ces derniers temps, les gens ne veulent plus rester en ville. Ils préfèrent vivre à la campagne ou à la mer pour élever leur petite famille. Tu te souviens d'Alain ? Il est parti. Il a quatre gosses. Et Isabelle ? Elle a racheté une vieille maison au bord de la mer. Trois fillettes au compteur. Je te jure, la moitié de notre classe s'est mariée et est partie vivre ailleurs.
- Et Nathalie ? sollicita Marc avec un petit sourire.

Thomas éclata de rire.

- Je me suis définitivement débarrassé d'elle comme une vieille chaussette.

Thomas et Nathalie avaient été le couple de la classe. Partout, à la cantine, dans la cour de récréation, ils étaient inséparables.

Du matin au soir.

- Bon, que puis-je faire pour toi, Marc ?
- Je me demande si le frère d'Hervé est connu des services de la police.
- T'es sérieux ?
- Oui. Tu peux le vérifier ?
- Ok, pas de problème.

Il pianota les nom et prénom sur un clavier d'ordinateur. Puis attendit un moment.

Finalement, aucune infraction ou plainte ne s'afficha sur l'écran.

Thomas déclara en secouant la tête.

- Son casier judiciaire est vide.

Marc fronça les sourcils. Hervé, toujours sous le choc de la nouvelle qu'il avait un frère, ne savait comment réagir.

- Bon, merci de ton service, rétorqua Marc.
- De rien.

Ils quittèrent la pièce. Marc se retourna.

- C'était bon de te revoir, Thomas.
- Pareil, dit-il. Au fait, t'es avec quelqu'un ?
- Ouais. Et toi ?
- Non, répondit-il. Mais je suis toujours à la recherche de l'âme sœur.

Une pensée qui tracassait Marc depuis quelques temps par intermittence refit surface.

Comment le kidnappeur avait-il été au courant de la sortie d'Alexis du domicile des Ducasse pour l'enlever ?

Il y avait deux possibilités. La première, il connaissait bien la famille Ducasse.

Deuxième hypothèse : il avait surveillé la maison et attendu l'occasion propice pour passer à l'acte.

Cette dernière solution semblait la plus logique.

17

A la sortie, ils reprirent le chemin en sens inverse.

Quand ils arrivèrent au pied de la porte d'entrée de l'immeuble, Marc se figea. Hervé lui lança un regard interrogateur.

Deux hommes se tenaient droit. Uniformes et tenues identiques avec casquette brodée – Police Nationale –. Regards froids. Il n'y avait pas de doute là-dessus.

Des policiers.

Ces deux types les attendaient. L'un d'entre eux se mit à articuler lentement.

- Vous êtes Hervé Ducasse.
- Oui.
- Vous voulez bien nous suivre, s'il vous plaît ?

Marc s'interposa calmement.

- De quoi s'agit-il ? demanda Marc en langue des signes.

Les deux policiers le dévisagèrent sans le moindre intérêt.

- Vous êtes ? articula à nouveau le policier.

Marc sortit un bout de papier et nota son nom.
- Je suis l'avocat d'Hervé Ducasse, ajouta Marc.

Dix ans plus tôt, Marc Bouleau avait fait une année en droit à l'Université Gallaudet aux Etats-Unis et il en avait gardé pas mal d'astuces. Celle-ci allait lui permettre de gagner du temps.

Un des policiers regarda l'autre.
- Ah oui ?
L'autre :
- On se demande bien pourquoi il a déjà appelé son avocat.
- Bizarre, hein ?
- Vous n'avez pas l'air d'un avocat.
Marc ne répondit pas.
- Nous aimerions ramener Monsieur Ducasse au poste, dit le policier.
- S'agit-il d'une arrestation ? intervint Marc en LSF.
- Non.
- Alors, pourquoi ?
- Pour parler.
- Ok mais y aura-t-il un interprète en langue des signes ?
- Ne vous inquiétez pas.
Marc s'étonna un peu. Hervé, également.

Ils s'installèrent sur le siège arrière d'un véhicule banalisé. Une Renault Megane.
Pendant les cinq premières minutes de trajet, personne ne pipa mot. Le visage d'Hervé restait fermé. Marc essaya d'avoir l'air confiant.

Ils prirent la route de Lorient puis la quatre voies jusqu'à Mordelles, jolie petite commune de sept mille habitants située à quatorze kilomètres de Rennes.

Ils se garèrent devant la brigade territoriale autonome de gendarmerie et les conduisirent en salle d'interrogatoire. Une table en métal et quatre chaises. Pas de lampe aveuglante, juste un miroir qui occupait la moitié d'un mur.

On les laissa seuls.

- Pourquoi sommes-nous là à ton avis ? s'enquit Hervé.

Dix minutes passèrent. Mauvais signe.

- On s'en va, dit Marc.
- Quoi ?
- Rien ne nous oblige à attendre ici. Partons.

Comme par magie, la porte s'ouvrit.

Deux hommes entrèrent. Le premier, à la moustache bien taillée, était un type d'une soixantaine d'années, prêt à partir pour la retraite.

L'autre, beaucoup plus jeune, bien charpenté, les cheveux courts. Il aurait adoré jouer James Bond, pensa Marc.

Le plus vieux leur fit un sourire amical et utilisa la langue des signes comme s'il l'avait apprise depuis qu'il était petit pour s'exprimer.

- Désolé de vous avoir fait attendre.

Marc interrompit.

- Comment ça ? Vous signez bien… ?

Il sourit de nouveau.
- Rassurez-vous, mes parents étaient sourds-muets.
- Bon, ok, d'accord, répondirent les deux convoqués.

A dire vrai, ils auraient préféré avoir un interprète en LSF. Mais on sait qu'en France, faute de moyens et de volonté des pouvoirs publics, certaines personnes sourdes assistent à leur propre procès – qu'elles soient témoins, victimes ou accusées –, sans pouvoir comprendre les débats.

Le seul journal télévisé traduit en LSF sur une chaîne publique durant à peine dix minutes par jour, on ne pouvait espérer mieux à Mordelles. Le simple fait qu'un officier de police sachant signer était présent, relevait de l'exceptionnel.

- Je suis le commandant Paul Cogan. Je travaille ici. Voici le lieutenant René Vuillemin. Il appartient aussi aux services de police de Mordelles.

Vuillemin ne dit rien.
- Pourquoi sommes-nous ici ? intervint Marc.
Paul Cogan se pencha vers Hervé.
Le sourire avait disparu.
- Votre oncle est mort, dit-il. Nous avons retrouvé son corps il y a cinq heures. Je suis désolé.

Marc s'y était préparé. Hervé s'effondra sur sa chaise. Il se prit la tête dans les mains, ses doigts glissèrent de chaque côté du crâne jusqu'à se rejoindre derrière sa nuque.

Cogan accorda peu d'importance aux condoléances.

- Je comprends que c'est un moment très difficile, ajouta-t-il simplement.

Hervé regarda Cogan et signa un seul mot.

- Comment ?

Cogan semblait réfléchir au choix des mots qu'il allait utiliser.

Marc intervint de nouveau.

- Répondez à sa question, Cogan. Comment son oncle a-t-il été tué ?

Cogan hésita puis se décida.

- Milo Ducasse a été abattu d'une balle dans le cœur.

Hervé ferma les yeux.

René Vuillemin s'immisça enfin dans la discussion. Un peu maladroitement.

- A bout portant, ajouta-t-il.
- Exact, à bout portant.

Hervé posa à son tour une question.

- Où a-t-il été abattu ? Dans quelle ville ?

Marc lui répondit.

- Son corps a dû être retrouvé ici, sinon il n'y aurait aucune raison qu'ils nous aient convoqués à Mordelles.

Cogan reprit l'initiative.

- Nous devons vous poser quelques questions.

Marc allait de nouveau intervenir mais Hervé l'en empêcha d'un geste.

- Hervé, quand avez-vous vu votre oncle pour la dernière fois ?
- Lundi dernier.
- Dans quelles circonstances ?
- Nous étions dans sa maison.
- Continuez, s'il vous plaît.

- Nous avons discuté de choses et d'autres... c'est tout, dit Hervé.

Le silence tomba sur la pièce.
Marc se souvint alors de la lettre anonyme que Milo avait reçue avant de disparaître. Les flics ne savaient rien à ce sujet, ne pouvaient pas savoir...
Il se tourna vers Hervé et discrètement, lui fit quelques signes.
Hervé acquiesça à sa proposition.
- Il veut voir son oncle, s'exclama-t-il soudain.
Tout le monde se tourna vers lui.
- Pardon ?
- Son corps. Il veut voir le corps de Milo Ducasse.
- Ce ne sera pas utile, dit Cogan. Nous l'avons identifié grâce à ses empreintes...
- Mais si.
Cogan se tut un moment et tourna vers Hervé.
- C'est vraiment ce que vous voulez ?
- C'est ce que nous voulons.
- C'est à Monsieur Ducasse que je parle...
- Je suis son avocat, commandant. Adressez-vous à moi.
- Ecoutez, Monsieur Bouleau, ça commence à bien faire. Vous n'avez pas vraiment les manières d'un avocat. Montrez- nous vos papiers.
Le risque était trop grand pour Marc. Il avoua être simplement journaliste et ami d'Hervé... cherchant à l'aider.
« Faute avouée est à demi pardonnée » se dit Cogan, visiblement touché par l'aveu de Marc.

Il réfléchit, puis approuva, se tournant vers Vuillemin.
- Bien, dit Cogan. Nous allons vous conduire.

18

Le bâtiment de médecine légale se trouvait dans le vaste site du Centre Hospitalier Universitaire de Rennes. Marc n'était jamais venu ici.
L'entrée dans une morgue, c'est souvent difficile.
Pour tout le monde.
Avec l'odeur pas toujours agréable.
Dans le hall d'accueil, une charmante secrétaire rousse reconnut le commandant Paul Cogan et lui sourit.
- Bonjour.
- Bonjour. On veut voir le corps de Milo Ducasse.
- Patientez un peu.
Elle vérifia si Milo Ducasse figurait dans la liste représentant la date d'arrivée du corps et l'âge de la personne décédée.
- C'est bon. Il est en salle A. Prenez le couloir de gauche et entrez par la première porte, sur la gauche. Le légiste vous y rejoint.
- D'accord, merci.
Marc et Hervé le suivirent à pas pressés.

Ils pénétrèrent dans une pièce où métal et carrelage luisaient.
Tout était nickel.
Marc vit immédiatement que le corps qui y reposait appartenait à un homme de forte corpulence. Le médecin légiste, la cinquantaine, cheveux grisonnants et lunettes rondes était déjà là.
Tous se rassemblèrent autour du brancard. Le légiste souleva le drap.
Pas d'erreur. C'était bien lui.
Les larmes gonflaient dans les yeux d'Hervé.
Le légiste voulut remonter le drap. Mais Marc l'en dissuada. Il contempla la dépouille de Milo.
- Docteur, a-t-il été frappé avant d'être tué ?
Le médecin ne signant pas, se tourna vers Cogan qui traduisit.
- Oui, son nez était brisé. Un tout petit peu.
- Merci.
Marc entraîna Hervé à l'écart de cette forme qui jadis avait été son oncle et son entraîneur à la fois.
Il se tourna vers Cogan.
- Il faut qu'on rentre. La journée a été dure.
Cogan, l'air compatissant, lui tendit une carte de visite.
- Ok. Voici mon numéro personnel en cas de besoin.
- Merci. Au revoir.

Quand ils se retrouvèrent seuls à l'arrêt de bus, Hervé, les yeux encore embués de larmes, demanda :
- Qui a tué mon oncle ?

- Franchement, la seule chose qui me semble claire pour l'instant, c'est que ton oncle a appris quelque chose à propos du corbeau.

- Ce dernier n'a peut-être pas apprécié de voir Milo fouiner dans son passé, poursuivit-il.

Le silence s'installa.

Hervé le regarda comme s'il allait dire quelque chose, puis se ravisa.

Le soleil commençait à disparaître. La circulation augmentait.

Enfin, un autobus arriva.

19

Le bus s'arrêta juste devant l'immeuble où se situait le siège social de *Triple Effort Breton*.
- Veux-tu que je t'accompagne ? demanda Marc.
- Non, ça va aller…
- Bon, d'accord. Tu peux garder le double de ma clé.
- Merci.
- De rien. S'il vous manque quelque chose, dites-le-moi, Ok ? Je dois rentrer chez moi. Bonne soirée à vous trois.
- A toi aussi.

Hervé tourna les talons. Il devait à présent annoncer une très mauvaise nouvelle à sa femme et à son fils aîné : le décès de Milo.

Marc s'empara de son portable et fila vers sa voiture, tout en textotant.
- *J'arrive dans une heure.*

Charlotte répondit dans la seconde comme si elle avait la main sur son portable.

- *Ah ! Te voilà. Je me suis un peu inquiétée. A tout à l'heure.*

La pénombre s'installa lentement. Sur la route, il y avait de la circulation, à présent. Cependant, l'esprit de Marc continuait de vagabonder.

Plonger son nez dans une histoire enterrée depuis quarante ans n'était pas chose courante.

Mais ce qu'il voulait, dans l'immédiat, c'était démasquer l'assassin de Milo. Découvrir pourquoi quelqu'un avait voulu mettre un terme à la vie de cet entraîneur qui était pourtant un homme respecté.

Charlotte sprinta dans la courette pour étreindre son Marc comme s'il venait à peine d'être libéré d'une prise d'otage.

Marc l'embrassa sur la joue puis la serra dans ses bras.

- Quelle journée ! dit-il.
- Raconte-moi un peu…

Il lui fit un court résumé. Le suicide de la mère d'Hervé, la découverte d'un frère jumeau, l'assassinat de Milo… et puis la morgue.

- Tu veux manger breton ?
- Ouais, ça me fera du bien...
- Allons à la crêperie.

Ils sortirent de la maison main dans la main. Deux cents mètres plus loin, ils y pénétrèrent.

Du beau monde à l'intérieur.

L'ambiance était chaleureuse et colorée, la mer leur offrait une vue sublime qui donnait envie de se poser.

L'odeur de la galette et du cidre emplissait la pièce.

Ils s'installèrent à une table vide. Marc n'arrêtait pas de regarder Charlotte. Charlotte n'arrêtait pas de sourire.

Un serveur arriva et ils commandèrent le plat du jour. Un très jeune couple avec deux gamins débarqua.

Ils discutèrent du prix littéraire et du prochain livre de Charlotte mais évitèrent de parler de Milo et de la famille Ducasse.

Deux heures passèrent. Les gens commencèrent à rentrer chez eux. Des voitures s'évanouirent.

- C'était bon ? demanda Charlotte.

Marc lui sourit en hochant la tête.

Et paya l'addition.

La pleine lune était la seule source de lumière. Ils se mirent à marcher en longeant la mer.

Il était tard quand ils revinrent à la maison. Dix minutes plus tard, ils rampèrent sous les draps. Ils s'embrassèrent et se dirent bonne nuit, lovés l'un contre l'autre.

20

Les premières lueurs du jour et l'odeur du café envahirent son rêve, chassant son sommeil.

Marc consulta sa montre. Pas encore huit heures du matin.

De nouveau, l'odeur de pain grillé portée par les courants aériens monta jusqu'à ses fosses nasales.

Marc se décida à sortir du lit. Il se massa le visage avec les paumes, enfila un survêtement puis descendit dans la cuisine.

Charlotte tartinait du beurre et de la confiture sur son pain. Comme chaque matin.

Marc regarda Charlotte et dit.
- Bonjour.
- Bonjour. Tu veux un café ?
- Je veux bien.

Il s'assit en face d'elle.
- Quel est ton emploi du temps ? demanda Charlotte.
- Je dois être à mon bureau à dix heures.

- Tu peux me déposer à la gare ?
- Oh ! J'avais oublié.

Les minutes passèrent.
Ils filèrent ensemble dans la salle de bains, se douchant et s'habillant.
Une heure plus tard, Marc gara la Golf près de la gare. Charlotte se pencha vers lui et l'embrassa. Il la retint dans ses bras.
- Je t'aime, dit-il.
- Moi non plus, dit-elle, en descendant de la voiture. Mais faut que j'y aille. A dimanche.
Un dernier sourire, un dernier geste de la main.
- Tu vas me manquer.
Marc la regarda s'éloigner, son léger bagage à la main.
- Toi aussi, tu vas me manquer.
Marc sourit.

Lorsqu'il franchit la porte du bureau de Léa, son assistante, il lança.
- Salut !
Léa était en train de tapoter sur son ordinateur et le salua avec sourire.
Elle poussa le journal vers Marc. Le meurtre de Milo Ducasse faisait la une. Il s'empara du journal pour parcourir l'article. Rien de surprenant.
- Alors, c'est réglé avec l'imprimeur ?
- Oui. La revue devrait sortir demain, répondit gentiment Léa.
Marc lui sourit et respira un bon coup.

Ils se dévisagèrent un long moment.
- Je ne peux pas imaginer travailler sans toi, dit Marc.
- Ça, c'est bien vrai ! Nous nous entendons à merveille, répliqua-t-elle.
Marc contempla le poster de New-York derrière le bureau de Léa.
- L'amitié, c'est plus fort que l'amour, continua-t-elle, avec un clin d'oeil.
Marc sourit.
- Je peux te demander quelque chose ?
- Vas-y.
- Que penses-tu de Charlotte ?
Une lumière passa sur le visage de Léa.
- Elle est brillante et intelligente. C'est une grande écrivaine. J'ai lu tous ses livres.
- Tu veux qu'elle te les dédicace ?
- Oh oui ! Ça me ferait plaisir.
Léa était vraiment une perle rare.

Hervé et Natacha se trouvaient dans le salon.
Ils avaient les traits tirés. Leurs yeux paraissaient hantés. Ils n'avaient pas dormi. La pression devenait intolérable.
L'inquiétude. L'incertitude.
C'était pourtant de fortes personnes, et ils faisaient de leur mieux pour surmonter l'épreuve.
Mais la disparition de leur fils cadet sapait lentement leurs défenses.
On était jeudi.
Cela faisait donc plus de cinq jours…
Guillaume était sorti faire du footing.

- Je crois que votre fils est toujours vivant, déclara Marc.

Les Ducasse échangèrent un regard interrogatif.

- Tout à l'heure, j'ai planqué près de votre domicile. Et j'ai vu quelqu'un sortir par une des fenêtres.

- Par une fenêtre ? dit Hervé, sourcils froncés. Laquelle ?

- Celle de la chambre d'Alexis.

Silence.

Il enchaîna.

- J'ai suivi votre visiteur. Il a tourné dans le stade où j'ai perdu sa trace. Soit il est entré dans une des maisons, soit il a continué dans les bois au-delà.

Il repensa à la description que Zulma Brunet avait donnée de son agresseur. Difficile d'en être sûr mais l'hypothèse n'était pas à écarter. Il fallait rester prudent.

Natacha posa sur son mari un regard compatissant.

- Va courir un peu, Hervé.

Il faillit répondre, mais renonça. Avec un mouvement de tête à la fois joyeux et triste, il s'en alla dans la chambre pour enfiler ses runnings.

De retour dans le salon, Hervé dit :

- J'ai appelé Tante Zulma. La famille et des amis vont se retrouver chez elle.

- Je t'attendrai ici et nous irons ensemble, répondit Marc.

Hervé sortit.

Quand Marc et Natacha furent seuls, Natacha se mit à faire les cents pas dans le salon.

- Je sais que mon fils est en danger. Il ne disparaîtrait pas comme ça, impossible.

Marc se garda bien de l'interrompre.

Marc n'était pas sûr de lui donner la bonne réponse.

Et finit par se décider :

- Je vais me concentrer sur votre maison et sur le visiteur. Nous verrons ce qui arrivera ensuite.

21

Marc et Hervé arrivèrent devant la maison de Zulma Brunet. Cinq voitures au moins étaient garées dans la rue.

Quelqu'un ouvrit la porte.

Il y avait des gens à l'intérieur. La pièce était bondée.

Marc regarda Hervé qui se sentait un peu perdu.

La foule s'écarta un peu et Zulma Brunet apparut. Les yeux rouges et gonflés. Un mouchoir dans son poing serré.

Tous les regards étaient désormais sur elle, guettant sa réaction. Quand Zulma vit son neveu, elle le serra dans ses bras si grêles. Et pour la première fois, il sanglota. Vraiment.

Zulma lui tapota le dos et lui signa des mots de consolation. Tout le monde se détourna.

Une fille, à peine plus grande qu'un bébé, traversa le salon en courant. Marc la reconnut grâce aux photos sur la cheminée. C'était la petite fille de Zulma.

Hervé s'essuya les yeux. Zulma lui montra la direction de la salle de bains. Hervé se retira discrètement.

Zulma vint vers Marc, le regard planté sur lui. Sans préambule, elle demanda en langue des signes :
- Savez-vous qui a tué mon frère ?
- Non.
- Mais vous allez le trouver ?
- Oui.
Il y avait une sorte d'autel sur la cheminée. Une photo d'un Milo souriant était entourée de fleurs et de chandelles. Marc regarda ce sourire qu'il n'avait pas vu depuis plus de vingt ans et qu'il ne reverrait jamais.
- Il faudra que je vous pose quelques questions, dit-il.
- Tout ce que vous voulez.
- Et aussi à propos d'Eric.
Les yeux de Zulma restèrent sur lui.
- Vous croyez qu'il a un rapport avec tout ça ?
- C'est possible.

D'autres amis du défunt arrivèrent. Zulma accepta leurs mots de sympathie avec un doux sourire et une ferme poignée de main. Marc attendit.

Quand elle eut une seconde de libre, Zulma se tourna vers lui.
- Milo n'a jamais parlé d'Eric.
- Ah bon ? s'étonna Marc.
Soudain, Hervé revint dans la pièce. Zulma posa la main sur le bras de Marc.
- Ce n'est pas le moment, lui dit-elle.
Il acquiesça.

Zulma Brunet le quitta pour s'occuper de la famille et des amis de Milo. Marc eut de nouveau l'impression de ne pas être à sa place.

Il s'éclipsa, sachant qu'Hervé trouverait bien quelqu'un pour le raccompagner.

22

Il roulait vers Chavagne quand son portable vibra. Il ralentit. Se gara sur le bas-côté de la route. Il passa le point mort et coupa le contact.

Il avait pris la précaution d'utiliser la voiture de Charlotte – une Ford Fiesta rouge – pour ne pas se faire découvrir. Intelligent, non ?

Il sortit son portable de sa poche et lut le message.

C'était Julie.

C'était son premier amour quand il était au collège avec ses compagnons d'infortune sourds à Fougères.

Ah ! L'amour !

Avec un grand A.

Ils s'étaient perdus de vue et s'étaient retrouvés quelques jours plus tôt sur Facebook.

Vingt-cinq ans après !

Elle désirait le rencontrer chez elle.

- *Bon, d'accord, je passerai te voir*, répondit Marc.

Construite en pleine campagne, la ferme de Julie se situait sur la route départementale entre Chavagne et Goven.

La route était déserte, encadrée de deux murs de verdure et de forêts.

Il aperçut au loin un cheval blanc – un pur sang arabe – qui galopait dans la prairie fleurie. Crinière au vent, sabots flottant dans l'air. Symbole de la beauté et de la liberté, il appartenait sûrement à Julie. Marc se souvenait qu'elle adorait les chevaux.

Une sensation étrange saisit Marc quand il franchit le portail. Il n'avait rien oublié d'elle.

Son visage.

Son odeur.

Son sourire éternel.

Il stoppa la Ford dans la cour et descendit.

Il y avait d'abord la maison, fondée au siècle dernier, immense et rectangulaire, aux longs murs de pierre.

A côté, une vieille grange de bois qui avait autrefois abrité tracteurs, remorques et autres machines agricoles.

A présent y trônaient seulement deux véhicules.

Une mini Cooper blanche et une vieille Citroën 2 CV.

Avec ses formes rondes, sa suspension passe-partout et son coût d'utilisation réduit, la « Deux-deuche » était longtemps restée la voiture préférée des agriculteurs et des jeunes.

Enfin, à une centaine de mètres de la maison, une petite écurie.

Julie ouvrit la porte avant que Marc ne sonne.

- Salut, Marc !

Elle était blonde, avec de bonnes joues roses, elle respirait la santé. Le sourire aussi naturel qu'une publicité pour dentifrice blancheur, elle portait une chemise à carreaux et un jean's délavé. Des bottes style cow boy.

Au collège, Julie était de ces filles qui attiraient tous les garçons. Marc avait été l'heureux élu.

Maintenant, elle était célibataire. Pas d'enfants.

Comédienne, elle avait joué dans des pièces de théâtre mais aussi des téléfilms.

Une cinquantaine.

Avec des entendants et des sourds à la fois.

A présent, elle était libre comme l'air et comptait bien en profiter. Elle avait choisi une autre vie et élevait des moutons.

- Parle-moi un peu de toi, dit Julie soudain.

Marc ne savait pas trop quoi dire.

Elle enchaîna.

- Tu fréquentes Charlotte Perrin, je crois ?
- Oui.
- J'aime bien ce qu'elle écrit.
- Comment l'as-tu rencontrée ?
- C'était au salon du livre à Paris, précisa Marc. Il y a plus de cinq ans.

Elle le regardait avec admiration. Il se sentit rougir.

Elle sourit.

- On peut manger ensemble ce midi ?
- Pas de problème.

Ils entrèrent dans la maison.

A l'intérieur, il faisait moins chaud. Les murs d'autrefois avaient été refaits avec minutie. Le sol en tomettes anciennes. Le mobilier, authentique, avait été restauré. Sur la droite, la cheminée d'antan s'était transformée en foyer fermé.

Un bouquet de roses fraîchement coupées trônait sur une longue table au centre de la salle à manger.

Une fois à table, ils bavardèrent et rigolèrent comme s'ils étaient toujours au collège.

Le temps passa.

- Alors, pourquoi sommes-nous ici ? Pour essayer de retrouver notre jeunesse perdue ? taquina Marc.

Julie le regarda, se leva pour aller chercher le fromage.

Elle profita de ce court silence pour changer de sujet.

- Hier matin. Je suis allée au marché à Chavagne. En sortant du parking, une voiture a heurté le pare-choc de ma bagnole.

- Cassé ?

- Oui.

- Vous avez fait un constat ?

- Non. L'autre conducteur ne s'est même pas arrêté. Il a fait marche arrière et il est parti à toute vitesse…

- C'était quoi, comme voiture ? coupa Marc.

- Une BMW.

- Sa couleur ?

- Grise.

Marc se crispa, l'air grave, mais ne fit aucun commentaire. Quelle chance si c'était celle qu'il avait repérée auparavant !

Puis regarda sa montre.

Il se leva et dit.

- Ecoute, je suis journaliste, pas détective. Mais j'ai bien une idée… Je préfère y aller et vérifier tout de suite.

- Déjà ?

Marc acquiesça avant de se tourner de nouveau vers Julie.

- Désolé. On se rappelle plus tard.

Julie s'approcha de lui.

- Le collège, dit-elle doucement. Ça te manque pas ?

Marc la regarda.

Elle sourit.

- Ouais, moi non plus.

23

Une fois au volant, Marc regarda son portable. Pas de messages. Ni de Léa ni de Charlotte.

Il repassa la théorie qui trottait dans sa tête depuis son récent passage chez Julie.

La visite inopinée au domicile des Ducasse. La BMW grise.

Un déclic s'était produit dans la tête de Marc. Les ravisseurs d'Alexis se trouvaient peut-être dans le coin.

Il s'engagea sur la départementale.

Aucun feu rouge, juste un stop.

Il continua tout droit vers Goven. La circulation était pratiquement inexistante.

Comme un dimanche.

Après une petite montée, la route était toujours étroite. Un peu plus loin, il y avait un pâté de petites maisons.

Il fit des tas de détours, chercha partout sur les chemins environnants mais ne trouva pas.

Décidant d'abandonner et de rentrer, il traversa le village et s'arrêta devant un bar-tabac pour acheter un magazine sportif.

Ce fut alors qu'à la sortie du village, il remarqua une voiture mal garée dans un chemin forestier.

C'était une BMW grise.

Il essaya de se souvenir du numéro de la plaque.

C'était bien celle-là.

Il passa devant la bagnole. Marc eut envie de stopper, mais préféra continuer.

Il coupa le moteur de sa voiture cinq cents mètres plus loin. Il sortit et se dirigea à pas lents vers le domicile mystérieux.

Il s'en rapprocha en se débrouillant pour être le moins visible possible. Bien évidemment, il ne pouvait pas entendre mais comme la plupart des sourds, il développait un champ visuel et une mémoire visuelle au-dessus de la moyenne.

Assurément, tout en regardant droit devant lui, il pouvait apercevoir ce qui bougeait sur ses côtés.

Comment allait-il entrer en contact avec eux ?

Il ne pouvait pas se pointer à la porte d'entrée et sonner tel un chauffeur-livreur d'Amazon.

Il passa de buisson en buisson. Il contourna la maison. Il n'avait toujours aucune idée de ce qu'il allait faire.

Les fenêtres étaient fermées.

Du coin de l'œil, il remarqua un mouvement. Il se tourna et vit une silhouette familière qui venait de sa gauche. Dans la cour.

Il s'accroupit habilement derrière un des buissons. Elle s'approchait, accélérait puis ralentissait.

Il resta dans la même position, tandis que son cœur commençait à s'emballer. Il retint sa respiration et attendit un bon moment.

Personne ne pouvait le voir mais il se risqua à sortir la tête du buisson. Marc la vit enfin.

Natacha Ducasse.

Vêtue d'un short et d'un léger tee-shirt, elle portait un bandeau sur la tête et de bonnes chaussures de course à pied.

Non, Marc ne l'avait jamais vue dans une tenue pareille. Dehors, il faisait une chaleur étouffante.

Elle s'arrêta.

Que fabriquait-elle ici, au domicile des ravisseurs ?

A moins que…

A moins qu'elle soit allée déposer la rançon ?

Au même moment, elle ouvrit la porte et disparut à l'intérieur.

24

Quand Marc revint à sa voiture, il sentit une grosse main lui serrer l'épaule.

Marc fit volte-face. La main appartenait au grand costaud qu'il avait aperçu sortir du domicile des Ducasse.

L'homme portait une casquette et des grosses lunettes de soleil qui masquaient presque son visage. Il n'était sans doute pas beau à voir.

Il correspondait bien à la description de Zulma Brunet.

Il l'y attendait. Tranquillement.

- Y a un problème ici ?
- Pardon ? Je n'entends pas, dit Marc en langue des signes.

Marc sentit que ça commençait à bouillir en lui.

Et lui fit comprendre d'enlever sa main.

Frankenstein l'ignora.

- Qu'est-ce qui vous amène ici ? gesticula-t-il.
- Je suis à la recherche d'une maison à vendre.

Grand sourire.

- Acheter une maison ?

- Oui.

Frankenstein perdit son sourire.

- Je vous le répète encore une fois. Enlevez votre main, s'il vous plaît.

Frankenstein se pencha tout près de Marc. Il avait une haleine épouvantable. Il braqua un doigt sur l'œil de Marc.

- Vous n'avez rien à faire ici !

Ils étaient seuls, sans personne autour. Marc frappa.

Son genou s'enfonça violemment dans l'entrejambe de Frankenstein, qui s'écroula par terre.

Essayant d'avaler un peu d'air, l'homme se tortillait dans tous les sens.

Marc le fouilla et trouva son arme.

- C'est bien vous qui conduisiez la BMW ?

Frankenstein ne répondit pas.

- Vous connaissez une certaine Zulma Brunet ? enchaîna Marc. Et c'est bien encore vous qui êtes entré par effraction dans la maison à Chavagne ?

Frankenstein restait muet.

Des perles de sueur se formèrent sur le front de Marc. Il les épongea avec un mouchoir.

25

Marc envoya un texto à Hervé.

Du côté de Rennes, en recevant le message de Marc, Hervé comprit que celui-ci était sur le point de lui révéler quelque chose d'important.

Il le rejoignit immédiatement.

Vingt minutes plus tard, Hervé apparut et leva sa main en direction de Marc.

Marc l'attendait debout devant sa voiture tout en gardant l'arme pointée sur son prisonnier.

- Dis donc, tu es armé ! s'exclama Hervé en LSF.
- Oui.
- C'est qui, ce type ?

Marc poussa un gros soupir et lui raconta brièvement ce qui lui était arrivé, l'arme dans une main et l'autre signant.

Silence.

Puis Marc dit :

- Ta femme est ici.
- Pardon ?
- Tu le savais ?
- Non, pas du tout ! Elle m'avait seulement dit qu'elle allait courir un peu…

Marc observa Hervé et haussa un sourcil.

- Et Guillaume ?
- Il est toujours à Rennes, normalement.

Marc resta un instant silencieux.

- Marc ?
- Je réfléchis.

D'un geste, Marc lui montra la maison.

- C'est là.
- Je vois.

Bon, et maintenant ?

Ils patientèrent encore une heure que quelque chose se passe sans décrocher un mot. Cette attente leur parut interminable.

Finalement, il ne se passa rien autour de la maison.

Dans la vie, il y a des moments cruciaux où il faut prendre la bonne décision, au risque de voir sa vie basculer dans la pire des cauchemars.

Marc, après avoir pesé le pour et le contre, ordonna à Frankenstein d'aller jusqu'à la porte d'entrée.

- Gare à toi si tu déconnes ! Compris ?

Hervé intervint.

- Qu'est-ce que je fais, moi ?

- J'ai besoin que tu restes ici. Je vais essayer de faire sortir Alexis et Natacha. S'il y a un problème, tu viens en renfort, ok ?

Hervé adressa un clin d'œil et un bref hochement de tête à Marc.

26

Frankenstein frappa à la porte.
- Qui est là ? demanda une voix d'homme.
- David.
- Ah ! Enfin, t'es là !
La poignée tourna et l'homme apparut.
Oui. C'était bien lui.
Eric, le frère jumeau d'Hervé.
Il était mince. Il avait une barbichette et le crâne rasé. Il arborait un anneau d'or à l'oreille gauche.

Marc se pointa derrière David. Cette intrusion ne plut pas à Eric.
- Qui c'est, celui-là ? grogna-t-il.
Sans attendre, Marc lui montra le revolver.
Celui de son complice.
Eric resta de marbre et recula.
- C'est bon, pas besoin de s'énerver, fit-il en langue des signes.
Marc s'étonna et signa.

- Vous avez une arme ?
- Non.
- Bien. Mains contre la porte, pieds écartés.

Pendant que Marc le fouillait, Natacha surgit à son tour. Son visage perdit de ses couleurs.

Marc la dévisagea.

Elle ne pipa pas un mot. Et alors, Marc comprit.

Il ne trouva pas de flingue.

- Où est Alexis ? s'enquit-il.
- Dans le salon, dit Natacha.

Ils y pénétrèrent. Le décor était beaucoup plus simple que ce que Marc avait imaginé. Des murs blancs, nus. Des étagères en pin avec des bibelots rapportés de vacances à l'étranger. Sur la table basse, il n'y avait rien. A part quelques canettes de bière vides et une bouteille d'eau.

Alexis, l'air angoissé, était le seul occupant du canapé.

Marc jeta un coup d'œil sur Alexis, qui sourit enfin.

- Ça va ?
- Oui.
- Ton père est dehors, tu peux le rejoindre.

Alexis hocha la tête.

- Vas-y.

Alexis sortit à toute vitesse comme un chat qui en avait marre de rester enfermé dans une cage de transport après un long trajet en voiture.

Au-dehors, devant le portail de la maison des ravisseurs, son père l'accueillit à bras ouverts et ils s'étreignirent.

Pendant ce temps-là, Marc s'adressa à Natacha.

- Toi aussi. Je pense que tu as des choses à raconter à Hervé.
Elle sortit à son tour.
A la fois rassurée et bouleversée.

27

Marc ne lâchait pas Eric et David des yeux.

Ces deux-là étaient faits pour s'entendre.

Il avait suffi d'une longue virée en Afrique du Sud pour que des liens solides se tissent entre Eric et son complice.

Des conneries. Ils en avaient faites, de toutes les couleurs.

Des petites.

Des grosses.

Ils avaient vécu à fond, toujours à deux cents à l'heure. Des enfants terribles qui n'étaient jamais devenus adultes.

Ils avaient fait alors des petits boulots à droite et à gauche.

La fiesta, l'argent, les belles filles, la vie facile auraient pu se poursuivre longtemps.

- C'est vous qui avez tué votre oncle ? demanda Marc.
Eric ne répondit pas.
- J'ai d'abord pensé que c'était votre complice.
Eric observa David. David ne dit rien.
Marc reprit.
- On a retrouvé le corps de Milo. Après l'avoir abattu, vous l'avez abandonné dans les bois. J'imagine que vous comptiez sans doute revenir un jour où vous auriez eu plus de temps pour l'enterrer. Vous ne pensiez pas que la police le retrouverait si vite, hein ?
Eric garda son calme mais David paraissait nerveux.
- Milo savait que Natacha avait une relation avec vous, n'est-ce pas ? Comment cela s'est-il passé ? Votre oncle vous a sûrement surpris un jour tous les deux ?
Eric hocha la tête.
- Votre liaison avec Natacha. De quand ça date ?
Eric haussa les épaules.
- Peu importe.
Marc le considéra longuement.
- C'est pervers, quand même ! Natacha est la femme de votre frère jumeau.
Eric ne dit rien.
- Après avoir fouillé la maison de Milo, vous avez déposé une lettre dans sa boîte de lettres pour le rencontrer, poursuivit-il. Il est donc venu vous voir et vous l'avez tué. Une balle dans le cœur.
David allait répondre mais Eric ne lui en laissa pas l'occasion.
- C'était de la légitime défense.
- Comment ça ? Milo était seul, et sans arme !
- Oui mais j'ai eu peur. Il a voulu m'étrangler.

Eric s'arrêta, baissa les yeux, rassembla ses pensées, puis releva de nouveau la tête.

- Pour le calmer, je lui ai flanqué un coup de boule sec sur le nez. Il est tombé en arrière.

- Ensuite ? Que s'est-il passé ?

Eric se mit à contempler la campagne à travers la porte-fenêtre du salon.

- Il s'est relevé vite. Il était furieux. J'ai alors sorti mon arme. Je ne voulais pas tirer, mais s'il s'est à nouveau rué sur moi.

Marc restait attentif.

- Alors j'ai pressé le doigt sur la détente, reprit-il. Et j'ai tiré. Milo est mort sur le coup.

C'était donc ça, la vérité…

Marc dévisagea Eric de longues, très longues secondes. Celui-ci semblait rétrécir sous ses yeux.

- Pourquoi avoir enlevé Alexis ? Natacha voulait vous quitter, peut-être, tout arrêter ?

Eric serra les dents.

- Et les cinq mille euros ? C'était pour quoi ?

Eric soupira et se mit à signer très vite comme un pur sourd.

- Milo voulait que je disparaisse de la vie de Natacha.

- C'est tout ?

- Non. Il voulait que je ne dise rien à personne.

- C'est-à-dire ? De quoi parlez-vous ?

- Il a tué mon père.

Les yeux de Marc s'écarquillèrent comme s'il venait de recevoir un coup de poing dans le ventre.

- Comment ça ?

- Zulma a avoué à David que Milo était saoul au moment de l'accident. Il s'estimait coupable de la mort de son grand frère sourd.
- Milo a tout détruit, ma mère et ma vie, conclut-il.

28

Marc ne discuta plus.
Il informa par texto le commandant Paul Cogan, de la Police de Mordelles.

Marc ne quittait pas des yeux les deux hommes qu'il tenait toujours en joue.
Le portable de Marc vibra. Celui-ci lut rapidement le message.
Les épaules de Marc parurent se relâcher un peu.

Une vingtaine de minutes après, la police investit les lieux.
Eric s'effondra, la tête dans les mains.
Les policiers passèrent les menottes à l'assassin de Milo et à son complice pour les emmener au poste de Mordelles.
Marc rendit l'arme du crime à Cogan.

Dans la cour, Natacha avait tout avoué à Hervé.

Le pauvre était effondré. Tout avait été si vite.

Il en voulait à cet homme qu'il ne connaissait pas et qui lui ressemblait tant... son frère jumeau !

Il lui en voulait pour son fils, pour sa femme, et surtout pour Milo, cet oncle qu'il avait adoré et qui avait été comme un père pour lui.

Escorté par deux policiers, Eric croisa son regard en sortant et lui fit signe qu'il était désolé.

29

Quand la Golf de Marc se trouva devant la maison de Zulma Brunet, il était six heures du soir.

Il sonna à la porte.

Elle vint ouvrir. Elle portait un peignoir en tissu-éponge.

L'intérieur de la maison était plongé dans le silence. Un silence de mort.

Elle s'assit sur son fauteuil en rotin face à lui.

La photographie de Milo était toujours là mais sur la télévision. Marc la contempla un moment. Puis il se tourna vers Zulma.

- On a enfin trouvé Alexis, dit-il.

Zulma sourit.

- Et l'assassin de Milo ?, demanda-t-elle.

Marc garda le silence un moment. Zulma le regarda comme si elle attendait la réponse depuis si longtemps.

- C'est Eric.

Le choc fut rude malgré tout.

Sa bouche s'ouvrit faiblement. Des larmes montèrent à ses yeux.

Silence plus épais encore.

Le chagrin la tétanisait.

Finalement, elle se leva pour se diriger vers le téléviseur.

Elle prit la photo posée sur son poste de télévision et chaussa les lunettes qui pendaient sur sa poitrine.

Elle contempla l'image de son frère mort.

La douleur était vive et poignante. Marc sentit une larme couler sous sa paupière.

- Tu savais que c'était Milo qui conduisait la voiture, dit Marc.

Les yeux rougis, Zulma Brunet fit signe que oui.

- Et il avait bu.

- Oui.

- Pourquoi vous n'en aviez pas parlé à Hervé ?

- Milo ne voulait pas qu'il le sache, dit-elle.

- Je ne comprends toujours pas.

- Milo avait peur que son neveu le méprise après cela.

Elle reposa la photo sur le téléviseur.

- Il y a des choses qu'il vaut mieux ne pas savoir, et d'autres que l'on voudrait oublier.

Il acquiesça. Elle avait raison.

- J'aimerais que vous soyez là demain matin à l'enterrement, proposa Zulma.

- D'accord.

- Je vais me coucher maintenant, dit-elle. Fermez la porte en sortant.

Marc ferma la porte.

30

Le matin suivant, on était vendredi. Le nouveau numéro de *Triple Effort Breton* était en vente dans tous les kiosques avec en couverture Hervé Ducasse, le héros de Nice.

Le défunt coach aurait été fier de son neveu.

Dimanche soir, Marc et Charlotte s'étaient enfin retrouvés ensemble.

Ils ne s'étaient pas parlé depuis jeudi.

Ils étaient assis, côte à côte sur le canapé. Charlotte, les bras autour des genoux. Elle était un peu fatiguée.

Elle venait de lui raconter ses trois jours inoubliables au salon du livre dans les Landes : plus de deux cents livres avaient été vendus.

Dédicacés, aussi.

Marc l'observa du coin de l'œil. Elle était pensive.

- Tu sais, dit-il, j'ai toujours été fidèle avec toi. Et j'ai envie d'avoir des enfants avec toi.

Elle ne dit rien, attendant la suite.

Elle déplia ses jambes et posa ses pieds sur le sol.
- Tu veux bien devenir ma femme ? continua Marc.
Charlotte sursauta et l'examina d'un œil étonné.
- C'est vrai ?
- Oui.
- Et pourquoi ?
- Parce que je veux être avec toi pour toujours.
Marc la prit dans ses bras.
Charlotte y resta longtemps.

Note de l'auteur

Mon premier remerciement va à ma femme et à mes enfants qui ont accepté de partir en vacances sans moi pendant presque deux semaines parce que j'ai voulu boucler l'écriture de ce roman dans le calme et la tranquillité.
C'était au mois de mai 2014.
Et je ne le regrette pas.

Enfin, je tiens à remercier tout particulièrement Sylvain Lioté-Stasse, qui a relu le tapuscrit avant publication, pour ses remarques judicieuses à partir desquelles j'ai pu améliorer certains passages.

Je n'ai pas non plus oublié les multiples soutiens et encouragements des lecteurs et lectrices via ma page « Face de bouc ». Un grand merci à eux.

Maquette de couverture : Sophie Baslé
Photo de couverture : l'auteur

© **2015, Patrice GICQUEL**

Edition : Books on Demand
12/14 rond-point des Champs Elysées
75008 PARIS
Imprimé par Books on Demand, Allemagne

ISBN : 978-2-3220-1309-8
Dépôt légal : janvier 2015